SODOMA E GOMORRA

JEAN FAUCONNEY

I. LA CORRUZIONE NELL'ANTICHITÀ

Nell'antica culla delle società bisogna cercare le prime tracce del vizio, in Caldea, nella Babilonia che è stato il più intenso focolaio di corruzione.

La leggenda biblica c'insegna che poco tempo dopo la creazione del mondo, il Signore irritato dalla perversità degli uomini, fu tentato di distruggerlo novamente. Il diluvio venne a purgare la terra, ma la corruzione riapparve, e gli uomini, aumentandosi ed estendendosi, non fecero che spargerla e diffonderla.

Il vizio era personificato dal culto di Venere, la quale a Babilonia era adorata sotto il nome di Militta. Il profeta Baruch si lamentava con Geremia sulla turpitudine dei tempi; Geremia nella sua lettera agli ebrei due il re Nabuchodonosor aveva condotti in cattività a Babilonia, diceva:

«Alcune donne sono sedute al limite delle strade e bruciano profumi. Quando una di esse, attirata da qualche passante, ha trascorso la notte con lui, rimprovera alla sua vicina di non essere stata giudicata degna, come lei, di essere posseduta da quell'uomo e di non aver saputo rompere la sua cintura di corde».

Questa cintura di corde, questi nodi che circondavano il corpo della donna votata a Venere, rappresentavano il pudore, il qual la riteneva con un fragilissimo legame, e che l'amore impetuoso doveva al più presto rompere.

Quinto Curzio e gli storici del vincitore di Babilonia, affermano che perfino Alessandro il Grande fu spaventato dal libertinaggio della grande città: «Non vi è popolo più corrotto di questo, diceva, nè di questo più sapiente nell'arte dei piaceri e delle voluttà... I Babiloniesi si affogano soprattutto nell'ubbriachezza e nei disordini che ne conseguono. Le donne dapprima si presentano ai banchetti modestamente, ma poco a poco si liberano delle vesti, si spogliano da qualunque pudore fino a restare completamente nude. E non solo le donne pubbliche si abbandonano in tal modo, ma financo le dame della migliore società con le loro figliuole».

In Armenia, Venere, sotto il nome di Anaitide aveva un tempio circondato da un vasto dominio, nel quale viveva rinchiusa tutta una popolazione consacrata ai riti della dea. Solo gli stranieri erano ammessi in questo serraglio di ambo i sessi, per chiedervi una galante ospitalità che non veniva mai rifiutata. I serventi e le serventi di tal luogo erano i figli e le figlie delle migliori famiglie del paese; entravano al servizio della dea per un tempo più o meno lungo, secondo i voti dei loro genitori.

In Siria, a Heliopolis, si adorava Venere e Adone rappresentati da una sola statua. Gli stravizii più infami avevano luogo in talune feste in cui gli uomini travestiti da donne e le donne travestite da uomini si abbandonavano a tutti gli eccessi, donde nascevano figlie che non conoscevano mai i loro padri, e che venivano a loro volta, sin dalla più tenera giovinezza, a ritrovare le loro madri nei misteri della dea.

A Pafo la dea era rappresentata da un cono in pietra bianca (Konnus, da cui si è fatto poi c...). Il culto di Venere si sparse da Cipro nella Fenicia, a Cartagine e su tutta la costa africana.

La Bibbia dice che i tempii di Cartagine come quelli di Sidona e di Ascalona erano circondati da tende, sotto le quali le Cartaginesi si consacravano a Venere fenicia.

S. Agostino ha precisato i principali caratteri del culto di Venere, constatando che vi erano tre Veneri in luogo di una: Quella delle Vergini, quella delle donne maritate e quella delle Cortigiane, dea impudica—dice egli—a cui la Fenicia immolava il pudore delle sue figlie prima che si maritassero.

Tutta l'Asia Minore aveva abbracciato con entusiasmo un culto, il quale deificava i sensi e gli appetiti carnali.

I Lidii, soggiogati dai Persi, comunicarono ai proprii vincitori i loro vizii. Questi Lidii che avevano nelle loro armate una folla di ballerine e di musicisti meravigliosamente, esercitati nell'arte della voluttà, appresero ai Persi ad avere in grande considerazione simili donne che sonavano la lira, il tamburo ed il flauto.

La musica divenne allora il pungolo del libertinaggio e non si davano grandi pranzi, nei quali l'ebbrezza e gli stravizii non fossero sollecitati dal suono degl'istrumenti, da canti osceni e dalle lascive danze delle cortigiane.

Questo vergognoso spettacolo, questo preludio dell'orgia sfrenata, gli antichi Persi non lo risparmiavano nemmeno agli sguardi delle loro mogli e delle loro figlie, che pigliavano parte ai festini senza velo e coronate di fiori. Riscaldate dal vino, animate dalla musica, queste vergini, queste matrone, perdevano ogni contegno, e con la coppa in mano accettavano, scambiavano, provocavano le sfide più disoneste in presenza dei rispettivi padri, mariti, fratelli e figli. Le età, i sessi, le condizioni si confondevano sotto l'impero della vertigine generale; i canti, i gridi, le danze raddoppiavano, ed il pudore, pel quale nè occhi nè orecchie erano rispettati, fuggiva nascondendosi sotto le pieghe del suo velo. I banchetti e gl'intermezzi si prolungavano in tal modo fino a che l'aurora faceva impallidire le torce e che i convitati seminudi, cadevano l'un sull'altro addormentati nei letti di argento e di avorio.

L'Egitto adorava Iside, il cui culto misterioso ricordava con una folla di allegorie la parte che rappresenta la donna o la natura feminile nell'universo. In quanto al suo sposo Osiride, era l'emblema della natura feminile. Il Bue e la Vacca erano dunque i simboli di Osiride e di Iside; i sacerdoti e le sacerdotesse portavano nelle cerimonie il Van mistico che riceveva il grano e la crusca, ma che conservava il primo rigettando il secondo; i sacerdoti portavano ancora il Tau sacro, o la chiave che apriva le serrature meglio custodite. Vi erano ancora l'occhio, con o senza sopracciglie, che si situava accanto al Tau negli attributi di Osiride, per simulare i rapporti dei due sessi. Alle processioni di Iside, le ragazze consacrate reggevano il Cyste mistico, ceste di giunchi contenenti dolciumi ovali e bucati nel mezzo, simili a ciambelle; accanto ad esse una sacerdotessa nascondeva nel seno un'urna di oro, nella quale era conservato il Phallus, definito da Apollo: «L'adorabile immagine della divinità suprema e l'istrumento dei più secreti misteri».

È evidente che in un simile culto l'opera della carne era considerata come avente il primo posto sopra tutte le cose, e per conseguenza i sacerdoti usavano del loro prestigio, e s'incaricavano d'iniziare ad infami stravizii i neofiti dei due sessi.

Il vizio e la corruzione presso questo popolo era arrivato ad un tal punto, che non si davano agli imbalsamatori i corpi delle giovani se non tre o quattro giorni dopo morte, per tema che non abusassero dei cadaveri.

I libri santi sono pieni di passaggi che ci indicano i quadrivi delle strade che servivano da campi di fiera alle lussuriose. È vero che queste donne non erano ebree, almeno la maggioranza, giacchè la scrittura le qualifica per straniere.

Il soggiorno degli Ebrei in Egitto, dove i costumi erano depravatissimi, pervertì considerevolmente i loro. Mosè, questo savio legislatore, lasciò agli Israeliti per prudenza la libertà di aver commercio con donne straniere, ma fu implacabile contro i delitti di bestialità e di sodomia.

La maggior parte dei luoghi infami erano diretti da stranieri, per lo più sirii, le donne che li frequentavano erano anche sirie, giacchè Mosè proibiva assolutamente la prostituzione alle donne Israelite.

Nondimeno i vizii più vergognosi infestavano il popolo di Dio. Il profeta Ezechiel ci dà una pittura spaventevole della corruzione ebrea; nelle sue terribili profezie non parla che di cattivi luoghi aperti al primo venuto, di tende da donnacce piantate su tutti i cammini, di case scandalose ed impudiche; non vi si scorgono che cortigiane vestite di seta e di merletti scintillanti di gioielli, profumate da capo a piedi; non si contemplano che scene infami di fornicazioni.

Presso i Greci, e più tardi presso i Romani, numerosi filosofi insegnavano con Zenone che l'amore è un dio libero, il quale non ha altre funzioni da compiere se non l'unione e la concordia. Se gli dei nella loro saggezza, hanno dato all'uomo l'amore fisico, è semplicemente in vista di piacere; la gioia dei sensi, non è un mezzo, è uno scopo, un fine. Il matrimonio non deve essere consigliato e praticato se non per prevenire l'estinzione della specie umana. Di più, la donna, così come lo professavano Ippocrate e Aristotele, è considerata come la schiava dell'uomo, d'una essenza inferiore, la si tiene per una sorta d'irregolarità nella natura; la si crede incapace di comprendere l'ideale di una passione, di un legame profondo. Ne risulta che l'uomo disprezzando la donna, la teneva lontano, e i due sessi finivano coll'essersi indifferenti. La donna allora si ripiegò verso sé stessa, tanto vero che all'amore anti-fisico degli uomini fra di loro, s'aggiunse come conseguenza logica, l'amore, non meno anti-naturale, delle donne con donne.

La Grecia accettò, sin dai tempi eroici, il culto della donna e dell'uomo divinizzati, di cui l'esercizio fu del pari lubrico che nell'Asia Minore.

Le leggi di Solone stabilirono la prostituzione legale, lo scopo di questo legislatore era stato quello di separare le donne di cattiva vita dalla società; ma il popolo si stancò più tardi di questa severità, poichè meno di un secolo dopo la morte di Solone le cortigiane fecero irruzione da ogni parte nella società greca ed osavano di confondersi con le donne maritate perfino nel foro.

Solone aveva regolato gli stravizii, dapprima perchè voleva mettere al coperto dalla violenza e dall'insulto il pudore delle vergini e delle spose legittime, e poi per sviare la gioventù dalle tendenze vergognose che la disonoravano e l'abrutivano. Atene divenne il teatro di tutti i disordini; il vizio contro natura si propagava d'una maniera spaventevole e minacciava di arrestare il progresso sociale. Simili debosce, che non dovevano appartenere agli uomini, potevano appartenere ai cittadini? Solone volle dar loro i mezzi di soddisfare i bisogni dei sensi senza abbandonarsi alla sregolatezza della loro immaginazione.

Nondimeno riuscì solo a correggere in parte i suoi compatrioti; gli altri senza rinunziare alle loro colpose abitudini, contrassero quelle del libertinaggio, più naturale, ma non meno funeste.

Il vizio patentato, una volta ben stabilito, e quando se ne acquistò l'abitudine, vi si abbandonarono con furore; e perciò le leggi di Solone, trasmodarono dapprima in eccessi per la necessità degli stravizii pubblici, e successivamente cancellate sotto l'impero della corruzione dei costumi, che non si epuravano, civilizzandosi.

A Sparta ed a Corinto i costumi privati delle donne non erano così regolari come ad Atene. A Corinto il vizio era libero, ognuno aveva il completo godimento di sè stesso. A Sparta, Licurgo aveva voluto, come diceva Aristotele, imporre la temperanza agli uomini e non alle donne; queste, molto prima di lui, vivevano nel disordine e si abbandonavano quasi pubblicamente a tutti gli eccessi. Le ragazze che ricevevano un'educazione maschile, pigliavano parte, quasi nude, agli esercizii degli uomini. Molte si prestavano ad atti di un'estrema licenza.

La gozzoviglia era dunque organizzata in Grecia, la si considerava come un male necessario. Ateneo ha potuto dire: «Parecchi personaggi che hanno preso parte alla cosa pubblica, hanno parlato di cortigiane, gli uni biasimandole, gli altri facendone gli elogi.» Non era vergogna per un cittadino, per quanto altolocato fosse sia per nascita, che per evoluzione, di frequentare le cortigiane, anche prima dell'epoca di Pericle, durante la quale questa specie di donne regnò, in qualche sorta, sulla Grecia. Non erano nemmeno biasimevoli i rapporti che si potessero avere con esse.

Il vizio ad Atene aveva sacerdotesse sotto tre forme: le dicteriadi, le auletidi e le etere. Le prime erano le schiave della corruzione, e stavano chiuse in case speciali; le seconde ne erano le ausiliarie, sonatrici di flauto, ed avevano un'esistenza più libera, poichè potevano esercitare la loro arte nei festini. La loro musica, i loro canti, le loro danze non avevano altro scopo che di riscaldare e di esaltare i sensi dei convitati, che le facevano ben presto sedere accanto ad essi...

Le etere erano cortigiane che facevano traffico dei loro incanti, abbandonandosi impudicamente a chi le pagava, ma si riserbavano nondimeno una parte di volontà: non si vendevano al primo venuto, avevano preferenze ed avversioni e non facevano mai abnegazione del loro libero arbitrio. D'altronde col loro spirito, la loro istruzione e la loro squisita gentilezza, potevano spesso camminare alla pari con gli uomini più illustri della Grecia.

Le etere possedevano case particolari dove si recavano a passare qualche giorno e qualche notte coi loro amici; non si davano che danze e musica in questi nidi di voluttà. Alcifrone ha raccolto una lettera di Panope che scriveva a suo marito Eutifulio.

«La vostra leggerezza, la vostra incostanza, il vostro gusto, la vostra voluttà, vi portano a negligere ed i vostri figli, per abbandonarvi interamente alla passione che vi ispira questa Galena, figlia di un pescatore che è venuta da Ermione per metter su casa e far commercio della sua bellezza nel Pireo, a detrimento della nostra povera gioventù. I marinai vanno a gozzovigliare da lei, dove le fanno mille regali, ella non rifiuta alcuno, è un abisso che tutto assorbe!»

Il vizio era cosa tanto comune per le donne, che si vedeva spesso la madre vendere la propria figlia, e dopo averne avvizzita la verginità del corpo, s'ingegnava di contaminarne ed insozzarne l'anima.

«Non è una disgrazia così grande, diceva Crobyle a sua figlia Corinna, che ella stessa aveva ceduto la vigilia ad un ricco e giovane Ateniese, di cessare di essere zitella e di conoscere un uomo che ci dia sin dalla prima visita una grande somma, con la quale io ti comprerò una collana».

Queste lubriche ed infaticabili regine della crapula erano in maggior parte straniere. Venivano da Lesbo e da altre isole dell'Asia Minore; un gran numero erano di Mileto. Le più esperte nell'arte della voluttà erano quelle di Lesbo. Mileto era come il vivaio delle ballerine e delle sonatrici di flauto.

Si ritrova qua e là negli erotici greci i principali insegnamenti che le cortigiane si trasmettevano l'una all'altra:

1.° L'arte di fare all'amore;

2.° L'arte di aumentarlo e di mantenerlo;

3.° L'arte di cavarne il maggior danaro possibile.

«È bene, dice una di esse nelle lettere di Aristinete, di creare qualche difficoltà ai giovani amanti, e di non accordar loro tutto ciò che desiderano. Questo artifizio allontana la sazietà, sostiene il desiderio di un amante per la donna che ama e gliela fa avvicinare sempre con maggior entusiasmo, ma non bisogna spingere la cosa troppo oltre, l'amante finirebbe collo stancarsi, coll'irritarsi e correrebbe dietro ad altri progetti e ad altri legami; l'amore se ne vola con la stessa leggerezza colla quale è venuto.»

Anche Luciano parla della scienza delle cortigiane:

«Di rado permettono agli amanti di avvicinarle, giacchè sanno per esperienza che il godimento è la tomba dell'amore, ma nulla trascurano per prolungare la speranza ed il desiderio.»

Le etere avevano maniere particolari di attirare gli uomini; i loro sguardi, i loro sorrisi, le loro pose, i loro gesti erano tanti allettamenti che spandevano d'intorno; ognuna conosceva a meraviglia quello che bisognava nascondere e quello che si doveva mostrare; talvolta fingevano distrazione ed indifferenza e talaltra silenzio ed immobilità, or correvano dietro la preda per adescarla al passaggio; cambiando di tattica a secondo la natura dell'individuo che volevano accalappiare. Avevano tutte un riso provocante e licenzioso che, da lontano, svegliava le idee più impure, parlando direttamente al senso, e che, da vicino, faceva brillar denti di avorio, trasalir labbra di corallo, scavar rosee fossette in fra le guance e fremer gole di alabastro. Non appena l'etera si era fatta notare da un uomo, gli mandava mazzolini di fiori, che ella aveva portati, frutta nelle quali i suoi denti avevano morso, e gli faceva dire da messaggeri che ella non dormiva più, non mangiava più e che sospirava incessantemente. «Correva a baciarlo quando giungeva, dice Luciano, lo pregava di restare quando voleva partire; faceva le finte di non far toilette che per apparirgli sempre più bella, e sapeva alternar sapientemente le lagrime al disprezzo, conquistando col soave incanto della sua voce.»

Fra le cortigiane era frequentissimo l'amore lesbico. Questo amore che la Grecia non schiacciava col disdegno e che non era nemmeno punito col rigor delle leggi, nè cogli anatemi della religione.

Le sonatrici di flauto cantavano, danzavano, facevano le mime, erano belle, ben fatte e compiacenti.

Di esse Aristagoras, dice:

«Vi ho precedentemente discorso di belle cortigiane ballerine, e non aggiungerò altro, trascurando puranco le sonatrici di flauto che, appena nubili, snervavano gli uomini più robusti e si facevano pagare profumatamente.»

Simili donne avevano tale sapienza nell'arte delle carezze da esaurire Ercole stesso. I libertini che avevano sperimentato le raffinatezze della lussuria asiatica, non potevano più farne a meno e, alla fine del pasto, quando tutti i sensi erano eccitati dal canto e dai suoni, giungevano a tali eccessi di furore erotico, da precipitarsi gli uni sugli altri, sopraccaricandosi di colpi, fino a che la vittoria decideva a chi la suonatrice di flauto dovesse appartenere.

Queste donne, esercitate di buon'ora nell'arte della voluttà, arrivavano a disordini tali che l'immaginazione trascinava tutti i sensi. L'intera loro vita era come una perpetua lotta di lascivia, come uno studio assiduo della bellezza fisica; a furia di vedere la loro propria nudità e di paragonarla con quella delle loro compagne, vi pigliavano tal gusto, e si creavano bizzarri godimenti, tanto più ardenti, in quanto che in essi non avevano punto il concorso dei loro amanti, i quali quasi sempre le lasciavano fredde ed insensibili. Le passioni misteriose che si accendevano così nelle auletridi erano violente, terribili, gelose, implacabili.

Tali depravati costumi erano talmente diffusi fra le donne, che parecchie in fra di loro si riunivano spesso nei festini dove nessun uomo era ammesso e là si corrompevano sotto l'invocazione di Venere.

Alcifrone ci ha conservato il quadro di una di queste feste notturne; è l'auletride Megara che scrive all'etera Bacchis e le racconta i dettagli di un magnifico festino al quale le sue amiche Phessala, Phryallis, Myrrhine, Philumene, Chrysis et Euxippe assistevano, metà etere, metà sonatrici di flauto.

«Che pasto delizioso! il solo racconto ti farà rimpiangere di non avervi assistito; quante canzoni! e che orgia! se ne son vuotate coppe dalla sera all'aurora! Vi erano profumi, corone, i vini più squisiti, le più delicate vivande! Un boschetto ombreggiato da lauri fu la sala del festino. Non vi sarebbe mancato nulla se anche tu vi fossi stata. Appena riunite si accese una disputa che venne ad aumentare i nostri piaceri. Si trattava di decidere se fosse più ricca Phryallis o Mirchina in quei tesori di bellezza che fecero dare a Venere il nome di Callipige. Mirchina si sciolse la cintura, la tunica che indossava era trasparente, si girò; e noi avemmo l'illusione di vedere i cigli a traverso il cristallo; allora impresse alle sue reni un movimento precipitato, guardando all'indietro, e sorrideva allo sviluppo delle sue forme voluttuose che ella agitava. Allora, come se Venere stessa avesse ricevuto quest'omaggio, si mise a mormorare non sò qual dolce nenia che mi commuove tuttora.

«Nondimeno Phryallis non si dà per vinta, s'avanza e grida:—Io non combatto punto dietro un velo: voglio comparire innanzi a voi come in un esercizio ginnico; questa battaglia non ammette maschere.—Ciò detto, fa cadere fino ai piedi la tunica ed inclinando le sue rivali bellezze:—Contempla, o Mirchina, questa caduta di reni, la bianchezza e la finezza della mia pelle e queste foglie di rose che la mano della voluttà ha come sparpagliate sui miei graziosi contorni, disegnati senza grettezza e senza esagerazione. Nel loro gioco rapido; nelle loro amabili convulsioni, questi emisferi non tremolano come i tuoi, il loro movimento somiglia al dolce gemito dell'onda.—Appena finito di pronunziar queste parole raddoppiò i lascivi increspamenti con tanta agilità, che un generale applauso le decretò gli onori del trionfo.

«Si fecero altre scommesse di bellezza, nelle quali risultò vincitore il petto sodo e liscio di Philumena.

«Tutta la notte trascorse in simili piaceri e la terminammo con imprecazioni contro i nostri amanti e con una preghiera a Venere che scongiurammo, perchè ci procurasse ogni giorno nuovi adoratori, giacchè l'inedito è il più stuzzicante incanto dell'amore. Eravamo tutte ebbre quando ci separammo».

Le etere ad Atene dominarono ed ecclissarono le donne oneste, avevano clienti ed ammiratori, esercitavano un'influenza continua sugli avvenimenti politici, e sugli uomini che vi pigliavano parte.

Fu sotto Pericle e pel suo esempio che gli Ateniesi si appassionarono per queste sirene e per queste maghe che fecero molto male ai costumi e moltissimo alle lettere ed alle arti. Durante questo periodo di tempo si può dire che non vi furono altre donne in Grecia e che le vergini e le matrone si tennero nascoste nei misteri del gineceo domestico, mentre le etere s'impadronirono del teatro e della pubblica piazza.

L'Egitto, la Fenicia, la Grecia, colonizzarono la Sicilia e l'Italia, stabilendovi le loro religioni, i loro costumi, e naturalmente i loro vizi.

Le pitture dei vasi etruschi ci dimostrano appunto a che era giunta la raffinata corruzione di questi popoli aborigeni, schiavi ciechi e grossolani dei loro vizii e delle loro passioni. Da mille prove su questi vasi dipinti si vede come la lubricità di questo popolo non conoscesse alcun freno nè sociale nè religioso. La bestialità e la pederastia erano i vizii più comuni, e queste vituperevoli ingenuità, familiari a tutte le età e a tutti i gradi sociali, non avevano altri freni se non alcune cerimonie di espiazione e di purificazione che ne sospendevano talvolta la libera pratica.

Come presso tutti i popoli antichi, la promiscuità dei sessi rendeva omaggio alle leggi di natura, e la donna sottomessa alle brutali aspirazioni dell'uomo, non era se non il paziente istrumento del godimento; doveva far sempre tacere la voce della sua scelta, giacchè apparteneva a chiunque avesse la forza di possederla.

La conformazione fisica di questi selvaggi avi dei Romani giustifica d'altronde tutto quello che si poteva aspettare dalla loro impudica sensualità; avevano le parti virili analoghe a quelle del toro, rassomigliavano ai becchi. In queste razze così naturalmente portate all'amore carnale, il vizio si associava, senza dubbio, a tutti gli atti della vita civile e religiosa.

Ai primi tempi della fondazione di Roma furono stabilite feste, dette Lupercali, in onore del dio Pane, nelle quali i preti percorrevano le vie completamente nudi, ed armati di tirsi coi quali battevano i passanti.

Più tardi si ebbero le Floreali, feste istituite in onore della celebre cortigiana Flora, che legò al popolo romano tutta la sua fortuna. Queste feste che le donne dissolute consideravano come fatte per loro, si davano al circo e servivano di pretesto ai più infami disordini. Le cortigiane vi si recavano in gran pompa, ed una volta là, si liberavano delle vesti, mettevano in mostra compiacentemente tutto ciò che gli spettatori volevano vedere, accompagnando ogni gesto con moti lascivi ed impudichi. Ad un momento convenuto gli uomini nudi anch'essi si mischiavano con tali donne e, al suon di trombe, aveva luogo una spaventevole scena di orgia pubblicamente.

Un giorno Catone si presentò al circo nel momento in cui gli edili stavano per dare il segnale del gioco, ma la presenza di questo gran cittadino impedì lo scoppio dell'orgia. Le donne restavano vestite, le trombe tacevano, il popolo attendeva. Si fece osservare a Catone che lui solo ostacolava la festa; egli allora si alzò, si coperse il volto con la toga ed uscì dal circo. Il popolo applaudì, le cortigiane si svestirono, le trombe sonarono e la baldoria ebbe luogo.

Venere aveva a Roma numerosi tempii, e se le cerimonie del culto della dea non offendevano il pubblico pudore, le feste date in suo onore autorizzavano ed esercitavano il vizio nelle case private, soprattutto presso le giovani dissolute e le cortigiane. D'altro canto le donne romane, così riservate riguardo il culto di Venere non si facevano alcun scrupolo d'esporre il loro pudore alla pratica di certi culti più disonesti e vergognosi, che, nondimeno, non riguardavano se non gli dei subalterni.

Offrivano sacrifizii a Cupido ed a Priapo soprattutto; e non soltanto questi sacrifizii e queste offerte avevano luogo nell'interno delle case, ma ancora in certe specie di pubbliche cappelle, innanzi a statue erette agli angoli delle vie. Le cortigiane non si votavano mai a questo misterioso olimpo dell'amor sensuale; Venere sola bastava loro; erano le matrone e perfino le vergini che si permettevano l'esercizio di questi culti segreti ed impudenti; non vi si abbandonavano se non velate, è vero, prima del sorgere o dopo il tramonto del sole; ma non arrossivano di essere viste adorando Priapo ed il suo sfrontato corteggio.

Il dio Priapo, favorito dalle dame romane, presiedeva ai piaceri dell'amore, ai doveri del matrimonio, e a tutta l'economia erotica. Lo stesso titolo era decretato al dio Mutunus o

Tulunus che non differiva da Priapo se non per la posizione delle statue, le quali erano rappresentate sedute invece che in piedi; in oltre queste statue si nascondevano in edicole chiuse, circondate da boschetti. A questo Mutunus le spose erano condotte prima di appartenere ai mariti, e si sedevano sui ginocchi della statua come per offrirle la loro verginità. Questa offerta della verginità diveniva talvolta un atto reale di deflorazione. Poi, una volta maritate, le donne che volevano combattere la sterilità, ritornavano ancora a visitare il dio, che le riceveva novamente sulle sue ginocchia.

Se i romani, che avevano istituito la prostituzione legale, tolleravano con compiacenza il commercio naturale dei sessi, se ne infischiavano ancor più del commercio contro natura. Questa vergognosa depravazione, che le leggi civili e religiose dell'antichità non avevano pensato a combattere, eccetto quelle di Mosè, non fu mai tanto generalizzata quanto ai migliori tempi della civilizzazione romana.

Le ragazze pubbliche di Roma erano più numerose che non lo fossero mai state ad Atene ed a Corinto; ma vi si sarebbero invano cercato quelle regine della crapula, quelle etere così notevoli per la loro grazia e la loro bellezza che per la loro istruzione ed il loro spirito. I Romani erano più materiali dei Greci, non si contentavano delle delicatezza della voluttà elegante, e non avrebbero mai ricercato in una donna di piacere un trattenimento spirituale. Per essi il piacere consisteva nell'atto materiale, e siccome erano per natura di temperamento ardente, d'immaginazione lubrica, di una forza erculea, non chiedevano se non godimenti reali, spesso ripetuti, largamente soddisfatti, ed mostruosamente variati.

La corruzione maschile era certo più ardente a Roma che non lo fosse la corruzione femminile. Erano i figli degli schiavi che si istruivano a subire le sozzure di un osceno commercio.

Gli adolescenti formati a quest'arte impura sin dal settimo anno, dovevano riunire certe esigenze di bellezze che li avvicinavano al sesso feminile, erano sbarbati e senza pelo, unti di olio profumato, con lunghi capelli a buccoli.

Tutti questi vili servitori del piacere e del vizio si dividevano in due categorie, arrogandosi in generale diritti sulle loro attribuzioni speciali; vi erano quelli che facevano sempre da vittime passive e docili, ve ne erano di quelli che divenivano attivi a loro volta e che potevano al bisogno rendere impudicizia per impudicizia ai loro dissoluti mecenati. Questi ultimi, di cui le dame romane non sdegnavano i buoni uffici, erano gli eunuchi, ai quali la castrazione aveva risparmiato il segno della virilità.

Per ben comprendere l'incredibile abitudine di questi orrori presso i Romani, bisognerà rappresentarsi che essi chiedevano al sesso mascolino tutti i godimenti che poteva dar loro la donna, e qualche altro, più straordinario ancora, che questo sesso, destinato all'amore dalle leggi della natura, avrebbe penato molto a soddisfare. Ogni cittadino, fosse il più raccomandabile pel suo carattere ed il più altolocato per la sua posizione sociale, aveva in casa un serraglio di schiavi sotto gli occhi dei suoi genitori, di sua moglie e dei figli. Roma del resto era piena di gitani che si vendevano così come le donne.

Un pretesto alle pratiche viziose erano i bagni; questi stabilimenti comuni ai due sessi e quantunque avessero ognuno la vasca o la stufa a parte, pure potevano vedersi, incontrarsi, parlarsi, ordir intrighi, fissar convegni e moltiplicare gli adulterii. Ognuno conduceva là i suoi schiavi maschi e femmine, per guardar le vesti e farsi pelare, raschiare, profumare, confricare, radere, pettinare. I padroni dei bagni avevano pure schiavi addestrati a qualunque specie di servizio, miserabili agenti d'impudicizia che si noleggiavano per qualunque uso. Questi stabilimenti contenevano un gran numero di sale dove si trovavano letti da riposo, nei quali ragazzi di ambo i sessi si tenevano a disposizione dei clienti.

Giovenale in una sua satira, ci presenta una madre di famiglia che aspetta la notte per recarsi ai bagni con tutto il fardello di pomate e di profumi: «Tutto il suo godimento consiste a sudare con grande emozione quando le sue braccia cadono rotte sotto la vigorosa mano che la massa, quando il bagnino animato da questo esercizio fa trasalire sotto le sue dita l'organo del piacere, e scricchiolar le reni della matrona».

L'abitudine dei bagni sviluppava una specie di passione, per gl'istinti ed i gusti i più avvilienti; vedendosi nudi, contemplando tutte quelle nudità che facevano pompa dintorno nelle pose più oscene, nel sentirsi toccare dalle frementi mani del bagnino, i romani erano presi irresistibilmente da una rabbia di piaceri nuovi ed ignoti, per soddisfare i quali consacravano tutta la loro esistenza.

Era là che l'amore lesbico aveva stabilito il suo santuario; e la sensualità romana si arricchiva ancora sul libertinaggio delle allieve di Saffo.

Queste donne apprendevano la loro esecrabile arte a fanciulli ed a schiavi chiamati fellatores; simili impurità erasi talmente radicate a Roma che un satirico scrive:

«O nobili Romani, discendenti della dea Venere, fra breve non troverete fra di voi un labbro casto per rivolgerle le abituali preghiere».

Nelle strade, alla passeggiata, al circo, al teatro le cortigiane alla moda comparivano circondate da una folla di ammiratori; erano giovani dissoluti che facevano vergogna alle loro famiglie; liberti ai quali le mal acquistate ricchezze non avevano lavato la macchia della schiavitù; erano artisti, poeti, attori, che sfidavano volentieri la pubblica opinione. Bisognava vedere la sera sulla Via Sacra questo convegno quotidiano del lusso, della crapula e dell'orgoglio per rendersi conto quanto numerosa e brillante fosse quest'armata di cortigiane alla moda, che occupava Roma quale città conquistata.

Convenivano là ogni giorno a far mostra e dar spettacolo di civetteria, di toilette e d'insolenza, fra le matrone che ecclissavano coi loro incanti e colla loro spudoratezza. Talvolta si facevano trasportare da robusti abissini in lettighe scoperte, nelle quali erano coricate seminude, le braccie cariche di bracciali, le dita di anelli, la testa inclinata sotto il peso degli orecchini, del nimbo e delle forcinelle di oro; accanto ad esse bellissime schiave facevano lor vento con ventagli di penne di paone.

Or sedute or impiedi nei carri leggeri, guidavano esse stesse i cavalli e cercavano di oltrepassarsi l'un l'altra. Le meno ricche andavano a piedi; tutte bizzarramente vestite con stoffe screziate di lana o di seta, sempre pettinate artisticamente; coi capelli in treccie formanti diademi biondi o dorati, intermezzati di perle ed altri gioielli.

Le matrone vi convenivano pure la maggior parte in lettiga od in carrozza e non affettando un contegno molto più decente delle cortigiane di professione. Si mostravano sulla pubblica via per far pompa delle toilettes e del loro corteggio; queste sortite avendo spesso lo scopo di procacciarsi un amante o piuttosto un vile e vergognoso ausiliario alla loro lubricità.

Giovenale ne dà il seguente interessantissimo quadro:

«Nobile e plebee sono tutte egualmente depravate. Quella che calpesta il fango delle vie non val più della matrona portata sulla testa dai grandi sirii. Per far bella mostra di sè, ognuna noleggia una toilette, un corteggio, una lettiga, e guanciali ed una nutrice e una giovanetta dai capelli biondi, incaricata di prendere i suoi ordini. Povera ella prodiga ad imberbi atleti ciò che le resta dell'argenteria dei suoi avi; dà loro fino agli ultimi pezzi. Ve ne sono di quelle che ricercano solo gl'imberbi eunuchi impotenti, dalle molli carezze e dal mento senza barba, perchè così non corrono il rischio di dover preparare qualche aborto».

Le satire di Giovenale sono piene delle prostituzioni orribili, che le signore romane si permettevano quasi pubblicamente, e di cui gli eroi erano infami istrioni, schiavi vili, vergognosi eunuchi, atroci gladiatori.

«Vi sono donne che gioiscono a cercare i loro amanti nel fango ed i cui sensi non si svegliano se non alla vista di uno schiavo, di un servo. Altre impazziscono per un gladiatore, per un impolverato mulattiere, per un istrione che mostra le sue grazie in sulla scena».

In questa Via Sacra si vedeva spesso un Nubiano toccare in sulla spalla di un ragazzo dalla lunga capellatura, era un vecchio senatore dissoluto che chiamava questo giovanetto metamorfosato in donna; altrove un robusto portatore di acqua che si trovava a passar per caso era disputato da due grandi dame che lo avevano notato simultaneamente e che facevano a gara a chi fosse la prima a sacrificargli l'onore. Un gesto, uno sguardo, un qualunque segno, e gladiatore, eunuco, fanciullo si presentavano, non disdegnando di prestarsi ad alcun genere di servizio per quanto abbominevole fosse.

Petronio ci dà incredibili dettagli sulla vita dei ricchi Romani, soprattutto nei festini. Non erano solo succolenti pasti, ma sovente spaventevoli conciliabuli di orgie smodate, arene d'impudicizia.

Non si mangiava e si beveva senza interruzione, ma si avevano intermedii di specie differenti; dapprima oscene conversazioni, provocanti o voluttuose; poi musica, danze e divertimenti di esasperata libidine.

Dopo o durante questi intermezzi di tutti i disordini che l'ebbrezza ed il vizio potevano inventare, comparivano i ballerini—buffoni che facevano salti pericolosi, smorfie e giuochi di forza straordinarii; non dimenticando mai nella loro pose, di far spiccare tutte le forme, tutti i muscoli dei loro corpi; accompagnavano tutti i loro movimenti con gesti indecentissimi, davano alle loro bocche un'espressione oscena, che completavano col giuoco rapido delle dita; si scambiavano fra di loro segni muti che avevano sempre qualche rapporto, più o meno diretto, con l'atto della copula; e talvolta, infiammati di lussuria, eccitati dagli applausi dei convitati, passavano dai gesti ai fatti, abbandonandosi ad impure battaglie ed imitando le turpitudini dei fauni. Quanto alle ballerine, eseguivano dei passi che un padre della Chiesa, Arnobio, ha così descritti: «Una truppa lubrica ballava danze dissolute, saltava disordinatamente e cantava; queste ballerine giravano danzando e ad una certa misura, sollevando le coscie e le reni, imprimevano alle natiche ed ai lombi un movimento di rotazione che avrebbe infiammato il più freddo spettatore».

Petronio nel Festino di Trimalcione ci mostra il disordine di queste donne in simili riunioni.

«Fortunata arrivò con le vesti tenute in su da una cintura verde, in modo da lasciar vedere al disotto la tunica ciliegia, le legacce delle calze tessite in oro, e le pantofole dorate; si asciugò le mani nel fazzoletto di seta che le cingeva il collo, e si accampò sul letto della moglie di Kabimas, Scintilla, la quale battè le mani e Fortunata gliele baciò. Queste due donne non fanno che ridere e confondere i loro baci avvinati; Scintilla proclamò la sua amica donna di casa per eccellenza; e questa non fa che lagnarsi dell'indifferenza maritale. Mentre esse si stringono così; Kabimas si alza silenziosamente, afferra Fortunata pei piedi, e la rovescia sul letto:—Ah! Ah! esclama questa, sentendo che la tunica le si scopre fin più su del ginocchio; e raggiustandosi in fretta, nasconde nel seno di Scintilla un viso che il rossore rende ancora più indecente.»

In quel tempo, apprende Giovenale, che l'adulterio era peccato men che veniale. Il marito era un volgar lenone che si ritirava nel fondo dell'appartamento quando veniva l'amante della moglie. Cicerone nelle sue epistole, lo conferma. Racconta che Mecenate corteggiava la moglie di un certo Sulpicio Galba, il quale, per facilitare queste galanti relazioni, fingeva di addormentarsi uscendo di tavola. Un giorno, un suo schiavo, volendo profittar di tal circostanza per gustare il vino di Falerno, il compiacente marito gli gridò «Olà! stupidone, io non dormo per tutti.»

Seneca ha uno squarcio di sdegno contro la moda degli abiti trasparenti:

«Vedo—dice—vesti di seta, se si può dar il nome di vesti a stoffe che non garantiscono nè il corpo, nè il pudore, e con le quali una donna non potrebbe senza mentire, affermare di non essere nuda».

Giovenale così esclama: «È stato detto che sotto il regno di Saturno, il pudore abitasse la terra, ma si deve credere che non tardò a seguire sua sorella Astrea, lasciando il mondo per andar ad abitare gli spazii celesti. Se l'età dell'argento ha visto il primo adulterio, l'età del ferro fu madre di ben altri delitti, con essa non si ebbe più una donna degna di toccar le bandelle di Cerere, e di cui un padre non dovesse temerne gli abbracci.»

Questo gran satirico ci presenta ancora la donna crudele ed avvelenatrice; ne ha vedute di quelle che si rovinavano per soddisfare le esigenze dei cantanti e dei ballerini.

A Roma non era nemmeno rispettato il talamo. Cicerone racconta la storia della madre di Cluentius che, innamoratosi di suo genero, lo sposò e le nozze furono consumate nello stesso talamo che ella aveva offerto due anni innanzi a sua figlia e dal quale poi l'aveva scacciata.

Le orgie erano incessanti. Ecco la descrizione che ne dà Giovenale:

«A tali incerti sguardi, già si sente girar il pavimento di sotto, la tavola si solleva ed i lumi si vedono doppi. Ebbene! dubitate forse ancora delle oscenità di Tullia, delle proposte che fa a quella Maura troppo famosa che è la sua più intima amica, quando Maura passa dinnanzi al vecchio altare del pudore?

«E là che esse fanno, durante la notte, fermar la loro lettiga, e là che si estrinseca il loro furor concentrato, e che dopo di aver sfidato la statua del dio con i più bizzarri insulti, si abbandonano al chiaror della luna ad assalti reciproci di cui la natura ne freme. Tutti sanno che avviene nei misteri della buona dea, quando le trombette agitano queste specie di furie, e quando egualmente ebri di cibo e di vino, fanno volare turbinosamente i loro capelli sparsi, invocando al Dio Priapo. Quali desiderii! e quali slanci! E che torrenti di vino scorrono sulle loro cosce!

«Sarfeïa, colla corona in mano, provoca alcune vili cortigiane, e vince il premio offerto alla lubricità. A sua volta rende omaggio agli ardori di Medullina; quella che trionfa in tale conflitto è proclamata la più nobile. Nulla si fa per finzione: le attitudini sono di una tale verità che infiammerebbero il vecchio Priamo e l'infermo Nestore. Diggià gli esaltati desiderii vogliono essere assopiti; diggià ogni donna riconosce che non stringe tra le braccia se non una donna impotente, e l'antro echeggia di questi unanimi gridi: Introducete gli uomini, la dea lo permette: il mio amante dorme forse? che lo si svegli subito... se il mio amante non viene, mi abbandono agli schiavi, e se di schiavi non ve ne sono, che si apporti un asino... subito!!!»

I libertini ricercavano a qualunque prezzo i primi fiori delle vergini, ciò che costituiva un lucroso commercio pei lenoni, che arrivavano perfino a vendere ragazzine dai 7 ad 8 anni, per essere più certi della condizione di una mercanzia sì fragile e sì rara.

La gelosia, come l'amore, sembrava passata di moda, e si vivea troppo in fretta per consacrare interi anni ad una sola passione; e perciò che si trovano in tale epoca poeti disposti a cantare il libertinaggio. E che Marziale dice francamente: «Nessuna pagina del mio libro è casta, e quindi quelli che mi leggono sono giovani e ragazze dai facili costumi, vecchie che hanno bisogno di solletico. Ho scritto per me, dice alle venerabili matrone che leggevano le sue opere di nascosto, e che l'accusavano di non scrivere per le donne oneste, ho scritto per me, pel ginnasio, per le terme: gli studiosi sono da questa parte, ritiratevi dunque, noi ci svestiamo; andate via se non volete veder uomini nudi! Qui, dopo aver bevuto, Tersicore, coronata di rose, abdica il Pudore, e nell'ebrezza, non sapendo più cosa dire, invoca ad alta voce ciò che Venere trionfante riceve nel suo tempio al mese di agosto, e ciò che il villico mette in sentinella in mezzo al suo giardino, quello che la vergine casta non può guardare se non mettendosi la mano sugli occhi.» ed allargando le dita, aggiungiamo noi.

Fa il ritratto di Lesbia che ama la pubblicità, i piaceri segreti non hanno alcun sapore per lei, perciò la sua porta non è mai chiusa, nè guardata, quando ella si abbandona alla lubricità. Vorrebbe che tutta Roma la guardasse in quei momenti, e non si turba nè si scomoda se qualcuno entra, giacchè il testimone del suo libertinaggio le procura più godimento che il suo amante stesso. La sua più grande felicità è di essere sorpresa in flagrante.

Lacamè si fa servire al bagno da uno schiavo di cui il sesso è decentemente nascosto da una cintura di cuoio nero, mentre giovani e vecchi si bagnavano nudi con essa; perciò Marziale si vede autorizzato a chiederle: «Ma che, forse il tuo schiavo è l'unico che sia veramente uomo in fra tanti?».

Ligella spela i suoi avvizziti incanti: «se ti resta un qualunque pudore, le grida Marziale, cessa di strappar la barba ad un leone morto».

La maggior parte delle cortigiane non erano Greche, esse non venivano da molto lontano, e molte ne uscivano dai sobborghi di Roma, dove le madri le avevano vendute alla crapula. Nondimeno si ricercavano le donne Greche, e si pagavano più care delle altre, ed è perciò che quasi tutte le cortigiane si dicevano di tal paese. Una cortigiana, certa Lelia, avéva mandato a memoria qualche parola greca, che ripeteva continuamente con un accento romano; Marziale le dice:

«Quantunque tu non sii nata nè a Efeso, nè a Rodi, nè a Metilene, ma in una casa dei sobborghi patrizii, quantunque tua madre, che mai non conobbe cosa volesse dir lavarsi, sia nata presso gli Etruschi dalla carnagione olivastra, e che quel rustico di tuo padre sia originario della campagna di Aricia, tu impieghi a qualunque proposito questo dolci espressioni greche: vita mia, anima mia! Come, tu cittadina di Ersbia e di Egeria osi parlare così!? Tu non sai come fare per parlare il linguaggio di una pudica matrona: ma non dici nulla di più tenero quando i desiderii ti tormentano? Va, Lelia, quand'anche giungesti a saper a mente Corinto, non sarai mai Lais!».

Ecco uno dei più curiosi epigrammi di Marziale, egli si rivolge a Galla:

«Il tuo viso è tale che nessuna donna oserebbe dirne male, tu non hai neppure una macchia sul corpo. Perciò ti meravigli senza dubbio di non aver mai ispirata alcuna passione, e di non veder mai ritornare a te l'uomo col quale hai dormito una notte. Ciò dipende dal fatto che tu hai un enorme difetto. Ogni volta che io ti avvicino per fare all'amore e che agitiamo i nostri corpi voluttuosamente confusi, la tua vagina fa rumore e tu taci. Piacesse al cielo che tu parlassi e quell'organo tacesse! Giacchè il suo mormorio non mi lusinga affatto; preferisco il rumor del tuo deretano, il quale almeno ha una certa utilità ed allo stesso tempo provoca ilarità».

Fu sotto gl'imperatori, per l'influenza dei loro costumi depravati, pei loro esempii e le loro malsane istigazioni, che la società romana fece spaventevoli progressi nel vizio, il quale finì di disorganizzarla.

Giovenale esclamava allora:

«Il vizio è al suo colmo: Ecco disgraziati a qual punto di decadenza siamo giunti! Abbiamo, è vero, portate le nostre armi fino ai confini dell'Iberia, abbiamo anche recentemente sottomessi gli Orcadi e la Brettagna, dove le notti sono sì corte, ma quello che fa il popolo vincitore nella città eterna, non lo fanno i popoli vinti!»

Infatti quello che restava di buoni costumi a Roma fu perduto dal giorno in cui il capo dello Stato finì di rispettarlo.

Giulio Cesare, questo grand'uomo di cui il genio innalzò a tanta potenza le armi romane, la politica e la legislatura; Giulio Cesare fu il primo ad offrire al popolo romano l'indecente esempio della propria depravazione. Tutti gli storici del tempo sono d'accordo nel dire che egli era portato molto verso i piaceri sensuali e nulla risparmiava per soddisfarli. Sedusse un numero infinito di donne per bene. Non rispettava nè il suo talamo, nè quello degli altri. Questo dittatore volle fare una legge che gli permetteva di godersi tutte le matrone che gli andavano a genio, sotto pretesto di moltiplicare gli uomini della sua illustre razza!

Nessuno ignora lo scandaloso festino di Augusto e dei suoi cinque compagni di orgia con sei rispettabili matrone romane. Vestiti da dei e da dee imitavano gl'impudicissimi costumi olimpici descritti nelle favole. Augusto commise un incesto con la propria figlia, dal quale nacque la madre di Galigola. Marcantonio parlando dei tirannici costumi di Augusto, dice che in un festino, fece passare dalla sala da pranzo nella camera vicina, la moglie di un console, pur trovandosi il marito fra gl'invitati, e quando ella ritornò con Augusto, i banchettanti avevano avuto il tempo di vuotar più di una coppa in onore di Cesare, e la matrona aveva le orecchie rosse ed i capelli in disordine. Tutti lo notarono; solo il marito non vi fece caso.

Le orgie di Augusto paragonate a quelle di Tiberio erano ingenue ed innocenti. Questi commise delitti che nessuno prima di lui aveva osato immaginare. A Caprea, dove soggiornava abitualmente, fece costruire una grande camera, sede delle più secrete sregolatezze. Là una moltitudine di giovanette e di giovanetti diretti dagli inventori di una mostruosa prostituzione, formavano una triplice catena e mutualmente e carnalmente allacciati, gli passavano dinnanzi per rianimare i suoi sensi esauriti.

Sua moglie accettava volentieri tutte le dichiarazioni di amore che le venivan fatte. Riceveva i suoi amanti in folla e correva con essi pazzamente per le vie della città. La ragione e le leggi del pudore non si fecero mai sentire in casa di questa depravata principessa.

Galigola, ancor men riservato di Tiberio, che cercava di imitare, fece conoscere pubblicamente i suoi infami amori con Marco Lepidus. Egli cercò sempre lo straordinario ed il mostruoso.

Agrippina visse con suo fratello Galigola in un legame mostruoso.

Claudio ebbe troppe mogli legittime per aver molte concubine e quelle che si pagò, più per capriccio che per amore, non furono troppo note perchè ne restasse traccia nella storia.

Messalina, moglie di Claudio, ha lasciato nella storia la più detestabile nomea; ella si macchiò di tutte le infamie. La sua prostituzione fu delle più abbiette, i suoi capricci oltraggiosamente disordinati, senza ritegno, pubblicamente soddisfatti e pubblicamente conosciuti. Dimenticò la dignità, la nascita, la naturale modestia del suo sesso, la fedeltà coniugale, per abbandonarsi brutalmente alle sue lubriche passioni.

Associò ai suoi stravizii moltissime dame romane, obbligandole, per eccesso di autorità, a vivere con lei in un vergognoso libertinaggio. Le forzò a prostituirsi in presenza dei loro mariti agl'individui più vili.

Su questa donna Giovenale ha scritto pagine terribili:

«Appena suo marito si addormentava, ella preferendo un qualunque schifoso strapuntino al letto nuziale ed imperiale, evadeva dal palazzo, seguita da una sola confidente, favorita dalle tenebre e mascherata, si portava in un luogo infame della più putrida prostituzione. E là, a seni scoperti, Messalina, scintillante e fiera, votava alla pubblica brutalità i fianchi che ti portarono, o generoso Britanicus! Nondimeno ella lusinga chiunque si presenta e chiede l'abituale salario. Il capo del luogo congeda le cortigiane, ma ella ancora fremente di desiderio, non vuol partire ed è l'ultima ad andar via, profittando di un solo minuto per dar sfogo al furor che la consuma. Esce infine più stanca che soddisfatta, affumicata dalle puzzolenti lampade, le guance livide e sozze, e va a depositare gli odori di quest'antro sul capezzale dello sposo».

Appena gettò via la maschera che copriva le sue perverse inclinazioni, Nerone si abbandonò a tutti gli eccessi che i raffinamenti del libertinaggio avevano potuto creare e diede sfogo ai suoi impuri vizii. Sua moglie Poppea, vedova di Ottone, non fece alcuna differenza fra i suoi mariti ed i suoi amanti, dandosi ai più svergognati disordini, e facendo un infame uso della sua bellezza.

Vitellio fu l'allievo di Tiberio e servì i suoi infami piaceri, cioè a dire continuò un simil genere di vita.

Tito nutriva nel suo palazzo un gran numero di schiave che servivano ai suoi piaceri.

Domiziano si bagnava con le prostitute compiacendosi a strappare i peli delle sue concubine. Sua moglie si prostituiva senza vergogna a tutti quelli che la desideravano.

Eliogabalo creò un senato di donne votate a Venere, tenne apertamente udienze sulla prostituzione. Si fece portare su di un carro tirato da donne nude; e rappresentò Venere sotto tutti gli aspetti.

Commodo manteneva 300 concubine e disonorava, seducendole o violandole, le più distinte matrone romane.

Per Commodo era un piacere, un bisogno di avvilirsi agli occhi di tutti, non si diceva soddisfatto se non quando le sue turpitudini avevano avuto mille testimoni e mille echi.

«Sin dalla più tenera infanzia, dice Lampride, fu impudico, cattivo, crudele, libidinoso, e arrivò fino a prostituir la sua bocca! Fece del palazzo reale una taverna ed un antro di voluttà, dove attirò le donne più notevoli per la loro bellezza, e se ne servì pei suoi impuri capricci.» Alle 300 concubine aggiunse più tardi 300 giovanetti.

Questi 600 convitati sedevano alla sua mensa e si offrivano volta a volta le impure fantasie di lui. Quando la forza fisica gli mancava, chiamava in aiuto tutta la potenza dell'immaginazione; obbligava tutta questa gente di abbandonarsi sotto i suoi occhi a quei piaceri che egli non poteva più condividere.

Dopo aver stuprata sua sorella, diede il nome di sua madre ad una concubina, alfine di persuadersi che commetteva un incesto con lei.

Eliogabalo, così come Nerone, trovava un eccessivo piacere in tutti gli atti della prostituzione. Un giorno convocò tutte le cortigiane di Roma e presiedè lui stesso questa strana assemblea. E tenne un'accanita discussione su parecchie quistioni astratte di voluttà e di libertinaggio. Nessuno potrà mai farsi un'idea di quali abbominevoli sozzurre quest'uomo sporcò il suo corpo.

Se gli appetiti carnali di Eliogabalo erano smodati, la sua immaginazione corrotta aveva ancora più potenza ed attività. Così, quello che egli cercava continuamente, era la creazione di nuove maniere colle quali poter contaminare i suoi occhi, le sue orecchie, la sua anima, insozzando contemporaneamente il pudore altrui.

II. IL VIZIO ALL'ERA CRISTIANA

Medioevo. Rinascenza—Impero

Nel periodo della cristianità il vizio si mostrò soprattutto nelle sette eretiche, le quali immaginarono, a fine di favorire la corruzione, stravaganti dottrine.

I Nicolaiti insegnavano che per acquistare la salvezza eterna, era necessario di insozzarsi di tutte le specie d'impurità. Essi pretendevano che una carne maculata dovesse essere più accetta a Dio, perchè i meriti del redentore dovevano esercitarsi maggiormente su di essa per renderla degna del paradiso.

Altre eresie congiunte con immaginazioni più o meno stravaganti ed ingegnose, come fine e come mezzo, avevano sempre un prodigioso sviluppo della sensualità.

In generale era la comunità delle donne e la promiscuità dei sessi che formavano la base di queste sette singolari. Il pudore non esisteva per questi settarii che lo consideravano come ingiurioso alla divinità.

Secondo le dottrine di Carpocrate e di suo figlio, nessuna donna aveva il diritto di rifiutare i suoi favori a chiunque gliene facesse richiesta in virtù del diritto naturale.

Una donna di questa setta, Marcellina, venne a Roma, verso il 160, e vi fece molti proseliti col sudore del proprio corpo! Dopo i festini si commettevano le infamie carnali, quando, le grazie dette, il sacerdote massimo diceva: «Lungi da noi la luce ed i profani.» Allora si spegnevano le fiaccole, e quello che avveniva nelle tenebre, senza distinzione di sesso, di età e di parentela, non doveva lasciare traccia nemmeno nei ricordi. Ciò rappresentava agli occhi dei dottori della setta l'immagine naturale della creazione.

I Cainisti avevano per dogma la riabilitazione del male ed il trionfo della materia sullo spirito. Interpretavano i libri santi a rovescio, ed onoravano, quali vittime ingiustamente sacrificate, i più esecrabili tipi della cattiveria umana. Si glorificavano d'imitare i vergognosi vizii che attribuivano a Caino, e che ritrovavano con piacere presso gli abitanti di Sodoma e di Gomorra.

Gli Adamiti, facevano risalire le loro dottrine al primo uomo, non proscrivevano la donna come gli eredi di Caino e di Saffo. Il loro capo Psodicos, ebbe l'audacia di permettere e di prescrivere la copula pubblica fra i due sessi.

I Manichei proclamavano, con l'avversione del matrimonio, il libero e smodato esercizio di tutte le facoltà sensuali. Essi consideravano l'atto venereo come opera santa, a condizione che la santità di quest'atto, non fosse compromessa dal matrimonio o dalla concezione.

A quei tempi la vita cenobitica non fu neppur essa esente da vizii. La sensualità e la lussuria penetravano col mistero a traverso le solitudini, dove si raccoglievano per lavorare e pregare in comunità i frati e le suore della nuova famiglia cattolica.

Furono le eresie che condussero quel prodigioso abbandono nella cristianità. San Cipriano nel 230 ci dipinge tale epoca così: «Non esisteva più carità nella vita dei cristiani, non esisteva più disciplina nei loro costumi; gli uomini si pettinavano le barba, e le donne si imbellettavano il viso; si corrompeva la purezza degli occhi violando l'opera delle mani di Dio, e perfino quella dei capelli dando ad essi uno strano colore. Si ricorreva a tutte le astuzie ed a tutti gli artificii per ingannare i semplici; i cristiani sorprendevano i loro fratelli con le infedeltà e le furberie.»

Bisogna attribuire questi cattivi costumi che regnavano allora, in un sì gran numero di comunità femminili, all'influenza demoralizzatrice di una folla di monaci erranti e di secolari che l'ozio e la corruzione moltiplicavano dappertutto. La condotta impudente e dissoluta di questi monaci si propagò nell'Egitto fino ai deserti della Tebaide.

Più tardi il vizio si introdusse nei monasteri e si potettero allora avverare i numerosi squilibramenti che hanno provato la fragilità della virtù umana, e l'impotenza dei voti i più sacri. Nei monasteri femminili, l'ospitalità accordata a tutti gli ecclesiastici ed ai monaci di passaggio, vi generò disordini che non trascesero quasi mai in scandali pubblici tanto da attirare l'attenzione della gente.

I Franchi che si introdussero nella Gallia verso la metà del V.° secolo, a primo acchito con i Gallo Romani; conservarono i loro costumi, la loro religione, i loro usi senza lasciarsi influenzare dal contatto della civiltà brillante e voluttuosa che incontrarono nella città conquistata.

Ma, al tempo stesso, non fecero nulla per cambiare il carattere dei primi possessori del suolo. Divenuti cristiani i franchi divennero allo stesso tempo Galli e Romani. Da Clodoveo fino a Carlomagno, i vescovi furono i veri legislatori e il codice ecclesiastico dominò il codice giustiniano e le leggi teutoniche. La corruzione legale non aveva un corso regolare, i disordini e l'incontinenza non erano che più indomabili e più audaci.

Non vi erano cortigiane propriamente parlando, o prostitute che esercitavano questo vergognoso mestiere nelle città governate dai vescovi, ma vi erano dappertutto, in ogni feudo, in ogni dimora rurale, una sorta di serragli, di ginecei, nei quali le donne libere o schiave lavoravano all'ago o al fuso, e dove il padrone trovava facile il piacere, ed un'emulazione sempre compiacente per servirlo.

I concubinati, essendo per loro natura, estranei alle leggi ecclesiastiche, non dipendevano se non dal capriccio delle persone che li contraevano e che li rompevano senza tanti scrupoli. Tale fu per oltre tre secoli lo stato di famiglia in Francia.

I re merovingi non indietreggiarono nè dinanzi a delitti, nè dinanzi a guerre sanguinose per soddisfare i loro amori, per lasciare o per prendere una concubina. Vivevano nei loro dominii reali, lontani dalla vista dei loro soggetti, che udivano appena il rumore delle orge di questi re buontemponi, i quali si abbandonavano a tutte le specie di disordini, passando dall'ebbrezza alla lussuria più sfrenata.

E come ai primi tempi la corruzione soggiornava in mezzo al clero; Martiniano, monaco di Rabais, al X secolo, diceva ai preti del suo tempo: «È forse legge vostra di prender moglie e di avere relazioni con donne? di contaminare con tutte le specie di lussuria il vostro corpo che è stato creato per ricevere il cibo degli angeli?»

Il pio vescovo di Limoges, Turpio, morto nel 944, tramandava con dolore nel suo testamento questa confessione spoglia di ipocrisia: «Noi stessi che dovremmo dare l'esempio, siamo gl'istrumenti dell'altrui perdita, ed invece di essere i pastori del popolo ci comportiamo tali lupi divoranti!»

Non è qui il caso di esporre gli orribili vizi della gente di chiesa, che credevano fosse loro tutto permesso al sol perchè avevano il diritto di assolvere qualunque peccato; non cercheremo nemmeno in questo libro di penetrare negli archivii dei conventi per ricercarvi la lunga lista di quelli che furono riformati, scomunicati, soppressi a causa dei mostruosi disordini dei loro ospiti; basti dire che non era possibile di trovare un'abbazia celebre, dove i costumi claustrali non fossero stati a più riprese focolari d'impudico contagio.

La depravata condotta dei preti e dei monaci, non era che troppo imitata dai laici che la bersagliavano coi loro sprezzanti motteggi. In presenza di tali modelli di corruzione, il popolo non poteva certo aver la pretesa di restar puro e virtuoso.

Tutti gli scrittori dell'epoca sono d'accordo nel constatare la profonda degradazione dello stato sociale e tutti ne attribuivano la causa all'incontinenza che aveva preso gigantesche proporzioni.

Nelle provincie i signori facevano bella mostra di tutti i loro vizii, non conservando alcun pudore. Fra i tanti citiamo un solo esempio della selvaggia impudicizia che caratterizzava l'uno e l'altro sesso. Nel 990, correva voce che Guglielmo IV, duca di Aquitania e conte di Poitiers, avesse avuto adultero commercio con la moglie del visconte di Thouars, presso il quale era stato ospitato. Emma, moglie di Guglielmo, aspettava un'occasione favorevole per vendicarsi della rivale. Un giorno vistola passeggiare a cavallo, con poca scorta, nei dintorni del castello di Talmont, accorse con un buon seguito di paggi e di scudieri; la fece rovesciare per terra, la colmò d'ingiurie e di percosse e l'abbandonò alle sue genti. Le quali, impadronitisi della viscontessa, la violentarono un dopo l'altro fino al giorno seguente, per obbedire agli ordini della padrona che li eccitava, contemplandoli. La mattina, la lasciarono quasi nuda, e semiviva. Il visconte di Thouars non potette nè lagnarsi, nè vendicarsi e riprese la moglie disonorata, mentre Guglielmo esiliava la sua nel castello di Chinon.

Ma è soprattutto nei Penitenziali che bisogna cercare gli occulti misteri della corruzione. È là che il peccato della carne si compie con tutte le audacie, che non si limita solo agli illeciti congiungimenti fra i due sessi, ma si spinge fino ai più esecrabili capricci della depravazione. «Si vorrebbe credere, dice il signor de la Bedollière, per l'onore dell'umanità, che gli orrori segnalati nei Penitenziali fossero puramente accidentali». Ma è certo che invece tali orrori erano troppo frequenti e che spandevano poco a poco una corruzione latente in tutte le parti del corpo sociale. Ad ogni pagina, i Penitenziali classificano i vizii secondo i gradi di colpabilità e di penalità. Bisogna distinguere in questo codice primitivo della confessione, i fatti che concernono gli atti più secreti del matrimonio, quelli che toccano all'incesto, quelli che sono relativi alle corruzioni contro natura, e quelli infine che caratterizzano il delitto di bestialità.

Erano peccati veniali se gli sposi non avevano consacrato la prima notte di nozze a pratiche devote; se il marito che si coricava con la moglie non si fosse lavato prima di entrare in chiesa: se una moglie fosse entrata in chiesa, all'epoca delle sue regole. Ma il peccato diveniva più grave quando gli sposi si abbandonavano ad oscene fantasie ecc.

L'incesto si moltiplicava sotto le forme più vergognose; i figli non risparmiavano la madre; la madre essa stessa non rispettava l'innocenza dei suoi più giovani rampolli; i fratelli attaccavano le sorelle; il padre si corrompeva con la figlia! Per simili turpi atti vi erano penitenze da 10 a 15 anni, durante i quali i colpevoli dovevano sottomettersi a digiuni ed a continenze.

Il peccato contro natura aveva innumerevoli varietà agli occhi del confessore, che applicava anche per esso diverse specie di penitenza. I vizii antifisici delle donne erano puniti così severamente quanto quelli degli uomini.

Talvolta l'incesto associandosi al delitto contro natura, ne aggravava l'infamia ed il castigo. Tutti i generi di bestialità figuravano nei Penitenziali; nessuna bestia era esclusa per commettere simili obbrobriose indegnità.

Sotto Luigi VII la corporazione delle ragazze libere, trovavasi in uno stato di notevole prosperità. Sauval dichiara nelle sue compilazioni, che gli statuti di questa disonesta corporazione, ebbero corso, pel loro occulto governo, fino agli stati di Orleans, nel 1560.

San Luigi cercò, ma invano, di mettere un argine a tante corruzioni. Il 25 giugno 1263, scrisse da Aigues-Mortes a Mathieu, abbate di San Denis, e al conte Simon de Nesle: «Abbiamo ordinato d'altronde, di distruggere quelle note e manifeste prostituzioni che insozzano con le loro infamie il nostro fedel popolo e che trascinano tante vittime nel fango e nell'abisso della perdizione; abbiamo altresì ordinato di perseguitare questi scandali tanto nella città che nella campagna, e di purgare assolutamente il nostro reame da tutti gli uomini corrotti e pubblici malfattori».

Un orribile libertinaggio essendosi insinuato in tutte le classi sociali sin dai tempi delle crociate e il vizio contro natura, che il soggiorno dei francesi in Palestina aveva acclimatato in Francia, minacciava ancora d'infettare i costumi e di corrompere tutta quanta la popolazione.

A partire dall'undicesimo secolo un sensibile miglioramento si fece sentire nei costumi pubblici e privati. Vi rimanevano ancora senza dubbio molti disordini, presso i nobili e nel basso popolo, ma i primi non davano più in comune l'esempio della perversità e del vizio.

Certo si deve all'influenza della cavalleria la conversione del più grande peccatore che l'undicesimo secolo abbia prodotto. Guglielmo duca di Aquitania, nono a portare tal nome, fu il più pericoloso ingannatore di donne ed il più gran libertino, la cui riputazione abbia percorso il mondo. Passò senza scrupoli e senza por tempo in mezzo dal culto della materia alla contemplazione spirituale, dall'incredulità alla fede.

Le crociate furono il più bel momento della cavalleria e non di meno nessuno può negare che questa prodigiosa massa di uomini di tutte le condizioni e di tutti i paesi non abbia riscaldata nel suo seno il germe corruttore della lussuria. «Tutti i vizii vi regnavano, dice l'abbate Fleury, sia quelli che i pellegrini avevano apportati dai loro paesi, sia quelli che avevano conosciuti nei paesi stranieri.»

«I crociati, dice Alberto d'Aise, si comportavano da gente grossolana, insensata ed inetta quando l'amore carnale spegneva in essi la fiamma dell'amore divino; vi erano nelle loro fila una quantità di donne, vestite da uomini, e viaggiavano tutti insieme senza distinzione di sesso, confidandosi all'azzardo di una spaventevole promiscuità. I pellegrini non si astenevano dalle illecite riunioni, nè dai piaceri della carne; si abbandonavano senza tregua a tutti gli eccessi della culinaria, si divertivano colle donne maritate o con le zitelle, le quali si erano allontanate di casa loro appunto per abbandonarsi perdutamente ad ogni specie di vanità.»

Quando le donne mancarono ai crociati in Palestina, dove la religione di Maometto si opponeva a qualunque illecito commercio coi cristiani, si fece venire dall'Europa un rinforzo di belle ragazze, che concorsero a modo loro al trionfo delle crociate.

Uno storico arabo aggiunge che l'esempio dei franchi fu contagioso pei loro nemici, i quali vollero anch'essi aver donne di piacere nelle armate, dove non erano mai state permesse simili sregolatezze.

Nelle antiche storie militari tanto di Francia che delle altre nazioni europee è spesso fatto cenno di questa affluenza di prostitute nelle armate, di cui la dietro guardia si componeva sempre di simili specie di donne e dei loro depravati compagni. Giovanni di Bazano parla di un capitano tedesco, chiamato Garnier, che invase alla testa di 3500 lame il territorio di Modena e di Mantova, nel 1342, accompagnato da 1000 prostitute, e da ragazzi libertini e corrotti.

Sono indescrivibili le abbominazioni del regno di Carlo VI, dove il clero, la nobiltà ed il popolo lottavano in perversità ed in turpitudine. Nicola di Clemenzio, arcidiacono di Bayeux, esclamò: «A proposito delle vergini consacrate al signore, dovremmo ritracciare tutte le infamie dei luoghi di prostituzione, tutte le astuzie e la sfrontatezza delle cortigiane, tutte le opere esecrabili della fornicazione e dell'incesto; giacchè, vi prego di credere, che ai dì nostri nei monasteri le donne si consacrano più volentieri al culto di Venere che a quello di Dio! Tali luoghi potrebbero definirsi degli spaventevoli ricettacoli, nei quali una gioventù sfrenata si abbandona a tutti i disordini della lussuria, di nodo che non vi ha alcuna differenza di far prendere il velo ad una giovanetta o di esporla pubblicamente in un luogo abbominevole.»

Per le donne pubbliche non si aveva pietà alcuna, quando la decenza ed il pudore sembravano banditi dai costumi, quando i soli abiti scollacciati erano alla moda, a dispetto degli editti suntuarii.

Le donne avevano per costume di adornarsi di vesti aperte lungo i fianchi e rialzate in modo da lasciar intravedere la gamba, e perfino la coscia nuda; in quanto alla gola se la scoprivano fino ai capezzoli delle mammelle!

Per rendersi conto del grado di pervertimento a cui certi nobili fossero giunti, abbandonandosi a tutte le specie di aberrazioni sensuali, basta leggere negli archivii di Nantes, il processo intentato al maresciallo di Francia, Gilles de Rietz, che fu condannato al rogo nel 1440.

La lettura della Vita dei dodici imperatori romani di Svetonio, aveva eccitato questo potente signore ad imitare i loro mostruosi pervertimenti sessuali. Come Tiberio e Nerone, egli si appassionò pel sangue mischiato alla immondizia: l'unico suo passatempo era di corrompere i fanciulli che faceva rubare un po' dappertutto.

Si trovarono nei sotterranei dei castelli di Chantocè, della Suze e d'Ingrande, le ossa calcinate e le ceneri di tutti i fanciulli che il maresciallo di Rietz aveva assassinati, dopo di averne abusato. Questi delitti finì per confessarli lui stesso.

A quei tempi si istruivano una quantità di processi per stregoneria, nei quali non era difficile di scoprire la depravazione morale, che cercava di coprirsi, come da un mantello, con la possessione diabolica.

Quegli stessi che pretendevano di aver ceduto ad una potenza occulta e ad un irresistibile prestigio, non credevano affatto all'intervento dei demonii.

Erano ordinariamente vergognosi libertini, forzati pel loro stato a vivere nella continenza, o per lo meno a nascondere sotto rispettabili apparenze, l'effervescenza delle loro passioni sensuali.

Il sabbat era il convegno di tutto quanto si poteva immaginare di più perverso, ecco perchè si compiva in luoghi appartati, in mezzo ai boschi, nelle montagne o in fra gli scogli.

Del resto i giureconsulti in Francia, non vedevano nella stregoneria se non una forma della prostituzione la più criminale, e ricorrevano a tutta la severità delle leggi per reprimere i disordini che corrompevano i pubblici costumi. Ma si aveva l'aria di attribuire alla malizia del demonio una quantità di atti detestevoli, che non accusavano se non il vizio degli uomini, e si aveva una cura scrupolosa a non diminuire l'orrore di cui la volgare credulità circondava il sabbat, giacchè se si fossero mostrate le cose sotto il loro vero aspetto, il sabbat sarebbe stato ancora più frequentato, tanto la curiosità serve di pericoloso movente alla depravazione morale e fisica.

L'eresia riapparve in Francia a partire dal dodicesimo secolo e favorì la corruzione.

I Bulgari essendo stati accusati di pratiche sodomitiche, consideravano quale sacrilegio i rapporti naturali dei sessi. Tutti i settarii, per un raffinamento di libertinaggio, s'imponevano privazioni di ogni genere, e affettavano in generale una noncuranza assoluta per tutte le cose materiali; ma ciò non era che la maschera della continenza, sotto la quale si sentivano più liberi per abbandonarsi alle loro passioni e dar briglia sciolta alla natura; le loro austere pratiche di devozione aggiungevano una specie di salsa piccante alle nascoste depravazioni.

Quando si vide apparire nel 1259 la setta dei Flagellanti, a primo acchito non si pensò che le pubbliche penitenze di questi peccatori, potessero essere delle invenzioni di lussuria. Essi camminavano nelle strade due a due, nudi fino alla cintura, e si battevano o da sè stessi o l'un l'altro con frusta e con correggia di cuoio, cacciando gemiti, fino a che non sanguinassero da capo a piedi.

E questo è niente. Si portavano la notte nelle campagne, in fondo ai boschi, e là, nelle tenebre, raddoppiavano le flagellazioni, i loro gridi e le loro impudiche follie. Si indovinano facilmente le odiose conseguenze di queste riunioni di uomini e di donne seminudi, animati dallo spettacolo di simile indecente pantomima, nella quale ognuno diveniva attore a sua volta, e che arrivava gradatamente all'ultimo parossismo dell'estasi libidinosa.

L'uso della flagellazione nell'antichità era ben conosciuto da tutti i depravati, a cui ricorrevano per prepararsi nei piaceri di amore.

Ma al medio evo se la flagellazione erotica non si esercitava più se non raramente e nel più profondo mistero, aveva però assunto un carattere di sanguinaria ferocia che si riproduceva negli atti dei flagellanti.

Nel 1343 durante la terribile peste si contavano in Francia circa 800.000 flagellanti, fra i quali vi erano gentiluomini e nobili dame, che non erano meno avidi di pubbliche fustigazioni.

Si videro pure i Picardi, che, secondo la dottrina del loro capo, dicevano che Dio li aveva mandati sul mondo per ristabilire le leggi della natura.

Queste leggi consistevano in due cose; la nudità di tutte le parti del corpo e la comunità con le donne. Appena un Picardo provava un desiderio per una sua compagna, la conduceva dal capo e formulava così la sua richiesta: «Il mio spirito si è riscaldato per questa.» Il padrone rispondeva: «Ebbene andate, e crescete e moltiplicate». Scacciati dalla Francia, vi riapparvero nel 1373 sotto il nome di Turlupius. E questi ultimi andavano anche più lontano, commettevano peccati carnali in pieno giorno, dinanzi al mondo intero. Essi insegnavano che l'uomo è libero di obbedire a tutti gl'istinti della natura.

I Valdesi, gli Anabattisti, gli Adamiti, i Manichei colle loro sette non erano mai completamente estinti; essi di tanto in tanto rinascevano dalle loro ceneri; tanto è vero che il vizio ha fascini irresistibili per certe nature pervertite, deboli o depravate.

Gli Anabattisti ebbero armate in Olanda ed in Germania. Essi insegnavano che ogni donna è obbligata a prestarsi alla concupiscenza di qualunque uomo, e che tutti gli uomini sono del pari tenuti a soddisfare qualunque donna. Nel 1535 il 13 febbraio a Amsterdam, sette uomini e cinque donne, cedendo alle eccitazioni ed all'esempio d'un profeta anabattista, si spogliarono dei loro abiti, li gettarono nel fuoco, ed uscirono per le strade completamente nudi.

Per trovare la pruova della depravazione pubblica verso la fine del XV secolo, non avremmo che a leggere i sermoni dei predicatori contemporanei. Gl'intelligenti si sono molto divertiti a spese di questi vecchi che avevano sì bizzarri procedimenti oratorii e che raccontavano un mondo di corbellerie e di eccentriche buffonerie; ma bisogna riandar con lo spirito all'epoca loro e considerare la specie di pubblico che veniva ad ascoltare la parola così poco edificante di questi monaci predicatori. Questo pubblico, nel quale l'elemento femminile era in maggioranza, non si raccomandava troppo per li decenza della tenuta, nè per la purezza delle intenzioni. Non erano che donne e ragazze, vestite indecentemente, facendo, quel che si chiama, la caccia cogli occhi: accalappiando gli uomini, dando convegni, cercando avventure.

Menot si lamentava che non una sola casa fosse esente dalla corruzione, e che non si vedevano se non donne di piacere nella città e nei sobborghi. Questa mercanzia conveniva a tutte le età e a tutte le condizioni sociali; le vecchie come le giovani, le donne maritate e le zitelle, le serve e le padrone, facevano, ciò che i predicatori chiamano, traffico del loro corpo. Menot fa dire a certi giovanotti, sposi di fresco:

«Si sa bene che non possiamo avere sempre le nostre mogli dietro di noi sospese alla nostra cintura, o portarle nella manica, e nondimeno la nostra gioventù non può far a meno della donna. Ci rechiamo in taverne, osterie, stufe ed in altri piacevoli luoghi; troviamo le cameriere fatte al mestiere e che non chiedono molto danaro; desideriamo sapere:—Non facciamo forse bene di usarne come se fossero le nostre proprie mogli?»

Maillard esclamava: «Se le pile delle chiese avessero occhi, e che vedessero ciò che avviene; se avessero orecchie per sentire e se potessero parlare, che direbbero?... Io non lo so; ma voi, signori preti, che ne dite?»

Egli vota alle fiamme d'inferno i proseliti e le ruffiane, ma fra tutte queste vili creature quelle che detesta di più sono le madri che lavorano esse stesse per disonorare le proprie figliuole. Guarda intorno a lui, come per scoprire nell'assemblea qualcuna di queste madri snaturate. «Vi sono, dice, parecchie madri che vendono le loro figliuole, sono le ruffiane della loro prole, a cui fanno guadagnare qualche matrimonio con le pene ed il sudore del corpo!»

E Menot a proposito del lusso esclama: «Voi direte forse, o signore: i nostri mariti non ci danno tali vesti, ma siamo noi che li guadagnamo colle fatiche del nostro corpo! A trentamila diavoli tali fatiche!» A quell'epoca infatti il progresso del vizio, era il risultato immediato del progresso del lusso; la civetteria e la vanità delle donne le spinsero al vizio; e fu tutto un obbrobrioso mercimonio per provvedere alle spese della toilette e alle fantasie della moda.

I costumi della corte non erano punto fatti per frenare il popolo che teneva all'onore di imitarli. Sotto Luigi XI la corte non dava affatto l'esempio della decenza nei costumi. Vi era allora così nei grandi che nei piccoli una sfacciataggine generale tanto nelle idee, che nelle azioni e nelle parole. Non si vedevano che mariti ingannati, vedove intriganti, donne libertine, ragazze sedotte.

Certamente, la morale pubblica era poco rispettata, in un'epoca in cui si esponeva agli sguardi dei passanti, nelle feste per l'entrata del re a Parigi (1461) «tre buone e belle ragazze che figuravano da sirene tutte nude, in modo che si vedeva loro il bel capezzolo diritto, ed i seni separati, rotondi e duri, che era piacevolissima cosa»; all'epoca in cui gli uccelli gracidatori piche, gazzere non sapevano ripetere altro che parole oscene come figlio di pu... ecc. dice Giovanni de Troyes; ad un'epoca in cui un normanno aveva per concubina la propria figlia, dalla quale aveva avuto anche parecchi figli, che egli uccideva non appena nascevano (1466); ad un'epoca in cui un monaco «che aveva i due sessi, talmente seppe fare, che finì per divenir incinto di sè stesso» (1478); ad un'epoca infine che un valletto del re, chiamato Regnault la Pie, si faceva mantenere pubblicamente dalla vecchia moglie di Nicola Bataille, il più sapiente legista francese che morì di dolore nel 1482, dopo aver visto la sua fortuna intiera consacrata alla ghiottoneria di una tale carogna! (dalle cronache scandalose del tempo).

Nel secolo XVI l'aristocrazia sotto i Valois si abbandonò a tutti gli stravizii. I racconti di Brantôme su questa spaventevole depravazione sono là per provarlo, ed il modo libero come egli racconta simili turpitudini, senza temere di offendere il pudore di chi legge, dimostra il grado di corruzione al quale era giunta la società francese ai tempi di Carlo IX e di Enrico III. Si era perfino perduto il sentimento dell'onestà, tanto che senza alcuna reticenza innanzi a signore si parlava dei più ignobili misteri del libertinaggio.

La Corte di Francesco 1° era una vera casa di piacere, e secondo Brantôme le signore che ne facevano parte erano destinate a rimpiazzare le cortigiane, le quali divenivano pericolose a causa delle malattie veneree da cui erano quasi tutte infette. Dopo aver descritte tutte le sregolatezze a cui queste signore non disdegnavano di abbandonarsi Brantôme esclama: «E piacesse a Dio di potermi far entrare un po' in questa allegra corte del re pel mio piacere!»

Sauval dice che era molto facile ad un condannato, per quanto terribili fossero i suoi delitti, di ottenere la grazia dal re, purchè avesse una bella moglie od una fresca figlia zitella, che andasse personalmente a supplicare il sovrano.

Di tutte le dame di corte che abitavano al Palazzo Reale il re aveva le chiavi delle camere, per poterle andare a visitare intimamente, quando gli piaceva.

Brantôme ha voluto dimostrare che questa impudicizia della corte non aveva nulla di biasimevole. Così una dama scozzese di buona famiglia, dice questo storiografo, la quale aveva avuto un figlio naturale da Enrico II confessava: «Ho fatto quanto ho potuto per essere ingravidata dal re, e me ne sento onoratissima e felice; e direi quasi che il sangue reale ha un non so che di più soave del liquore comune, tanto me ne sono trovata bene; senza contare i regali che ne ho avuti», e Brantôme aggiunge: «Questa dama, come del resto molte altre, erano in questa opinione che per dormire col re, non si era punto diffamate e che sono disoneste solo quelle che si danno ai piccoli, ma non ai grandi re e gentiluomini».

Dopo simile ingegnosa teoria non ci deve meravigliare se molte signore invidiavano la vita delle cortigiane di professione.

Brantôme racconta che una cortigiana venne a Roma per dare lezioni alle dame di corte, ella diceva: «Il nostro mestiere è tanto caldo, quando si è ben appreso, che si ha mille volte più piacere di praticarlo con parecchi che con un solo».

Enrico II fu più costante in amore che Francesco I: vi era gente abituata a confondere Diana di Poitiers con la regina. Il re si era tanto familiarizzato col concubinato, di cui andava superbo, che non temeva di uscire a cavallo avendo in groppa abbracciata la duchessa di Valantinois.

L'adulterio aveva preso tali vaste proporzioni, che le figlie, vedendo le madri così liberamente divertirsi, facevano quanto era in loro per maritarsi presto ed imitarle.

Brantôme dice che nella maggior parte dei matrimonii, fatti a corte, raramente la sposa arrivava al talamo, senza che il re non le avesse prima insegnato praticamente l'arte della procreazione.

«In quanto alle sfrontate, narra Sauval, le une si ubbriacavano di voluttà prima di maritarsi; le altre avevano l'abilità di divertirsi in presenza delle governanti e delle madri stesse, senza essere scoperte; poi per coprire il mistero, si era ricorso a mezzi esecrabili; altre (e ciò era comune tra le vedove e le zitelle) usavano certi oggetti, come quei quattro che Caterina de' Medici trovò nello scrigno di una sua cameriera.

Qualche autore francese vorrebbe far credere, anzi afferma, che tali utensili di corruzione fossero fabbricati esclusivamente in Italia, donde si esportavano in Francia. Ciò però è molto dubbio, e sarebbe per lo meno strano, quando sappiamo con certezza che all'epoca di oggi è la Francia e propriamente Parigi che dà un commercio eccezionale in simili articoli e che ne fornisce si può dire il mondo intero!

I palazzi reali di allora erano ornati da pitture lascive, ed i libri di Pietro Aretino andavano per le mani di tutti. La pittura lubrica cominciò ad andare in voga sotto il regno di Francesco I. Il conte di Chateauvillain aveva fra i rari e bei quadri della sua galleria, una di queste pitture libidinose, di cui scrive Brantôme: «in essa erano rappresentate parecchie belle donne nude al bagno e che si palpavano, si carezzavano, si solleticavano, e ciò che più monta, si divertivano in modo da lasciar vedere le parti più secrete così bene e provocantemente che una fredda reclusa od un eremita si sarebbe riscaldato e commosso.»

Così una grande dama della corte, che visitava questa galleria, essendosi fermata a contemplare tale quadro, dopo poco disse al suo amante:

«Oh! è troppo pericoloso di venire qui! saliamo presto in carrozza, corriamo a casa mia, giacchè ho bisogno di andare a calmare il fuoco che mi brucia le visceri!»

Del resto i mariti non potevano nulla rimproverare agli stravizii delle loro mogli, giacchè essi stessi non tralasciavano nulla per corromperle.

«I mariti—dice Brantôme—bordellano più colle loro mogli, che non i ruffiani con le donnacce da trivio».

Questo stesso autore cita pure una bella ed onesta signora che aveva nel suo gabinetto intimo gli albums illustrati dell'Aretino: «Un gentiluomo innamorato di lei, venuto a conoscenza di tal circostanza, se ne augurò bene pel suo successo, ed infatti quando conquistò la bella signora, ebbe ad accorgersi che da tali opere ne aveva cavato ottime lezioni per la pratica».

Ai tempi di cui ci occupiamo il letto coniugale non era neppur circondato da un pudico velo. I mariti non arrossivano d'introdurre nella loro famiglia questi libri, queste stampe, queste pitture oscene, che facevano della sposa la più perfetta cortigiana, e che offrivano energici stimolanti all'adulterio.

Sotto i regni dei tre figli di Caterina de' Medici, Francesco II, Carlo IX e Enrico III, l'immoralità fu spinta tant'oltre che mai si può dire sia andata così lontano, si ha diritto di credere che mai l'arte di governare gli uomini avesse impiegato tanti mezzi e così vergognosi come quelli di cui questa regina madre si servì durante il lungo periodo del suo regno di convulsioni civili e religiose. Fu ella per la prima che ebbe damigelle d'onore addestrate a diventare al bisogno gli impuri istrumenti dei suoi disegni politici.

La depravazione di simil corte è un fatto confermato da tutti gli storici. Caterina de' Medici insegnò abilmente alle dame e damigelle che componevano la sua corte, e che formavano un corteggio, chiamato Lo squadrone volante della regina, la strategia galante.

«Un famoso prelato della nostra corte, dice Sauval, ci assicura che Caterina de' Medici aveva un serraglio di damigelle che non l'abbandonavano mai, e che rappresentavano tante calamite per attirare i cuori dei principi e dei signori del reame; e conoscerne i più intimi segreti; e che questa associazione di gentildonne seppe sì ben corrompere i capi dei partiti nel 1579, e soprattutto Enrico IV, che avendo con le loro moine ingaggiati quelli della religione in una nuova guerra civile, fu chiamata la guerra degli amanti».

Il duca d'Aubignè definisce questo squadrone volante una specie di rete che la regina tendeva sul mare della politica.

La licenza del linguaggio alla corte era il riflesso dei suoi costumi depravati. Il proverbio creato in quell'epoca: Puttana come una principessa è la migliore conferma di quanto abbiamo esposto.

Enrico IV non fu superato da nessun personaggio della sua epoca in fatto di libertinaggio, e, quali che fossero, d'altronde, le grandi qualità di questo principe, si è obbligati a constatare che la storia dei suoi amori e delle sue sregolatezze forma una parte integrante della storia del vizio al secolo XVI.

Questo principe non arrossiva di abbassarsi fino alle cameriere ed alle serve. Aveva contratto un male venereo, abbandonandosi in una scuderia di Agen, con la concubina di un palafreniere; e appena guarito, fu sorpreso nella camera di una serva, a disputarsela con un valletto. Sono celebri i suoi amori con la Fosseuse, Fleurette, Martine, Ester Imbert e mille altre. E dicesi che egli avesse così pervertito il senso genesico da non poter avvicinare una donna, se questa non emanasse l'odor del proprio sesso, il quale preferiva sempre al più soave profumo.

Il lusso eccessivo, che aveva invasa la corte, non poteva non nuocere i buoni costumi. Sauval racconta un piccante aneddoto, che ci apprende il vergognoso traffico d'amore praticato dalle grandi dame per la smodata passione del lusso. Un gran prevosto dell'hotel del re perseguitava da un certo tempo una illustre principessa, presso la quale aveva sempre trovato disprezzo e rifiuti; ma infine entrarono in trattative, e fu deciso che una tappezzeria, che la dama desiderava moltissimo, sarebbe il premio di una notte che ella accorderebbe al prevosto. Questi ebbe la cattiva fede al mattino di non mantenere la promessa, «perchè la notte trascorse in modo, per colpa sua, che egli uscì dal letto così come vi era entrato» da ciò nacque discordia e contestazioni in fra le parti. Si scelse a giudice la moglie di un segretario di stato, la quale chiuse la vertenza, a condizioni «che tutte e due sarebbero andate ad acquistar la tappezzeria e che la principessa accorderebbe un'altra notte al prevosto, aiutandolo in modo da esaudire i desideri di lui».

L'esempio fatale della corruzione di corte aveva pervertito il senso morale della nazione e la Lega finì di distruggere quello che vi restava di pudore nelle classi borghesi e plebee; che gli eccessi veri o falsi di Enrico di Valois, avevano spinto alla rivolta contro la regalità avvilita. Durante tutto il tempo dei Seize, gli occhi e le orecchie degli abitanti furono insozzati da canzoni, da libelli e da incisioni oscene, che avevano sempre per pretesto la santa Unione. Non si pronunziava un sol sermone nella chiese, nel quale il Bearnese non fosse trattato da figlio di pu... e da ruffiano.

Si avevano ancora scandalose processioni, nelle quali alcun senso morale non era rispettato. «Il 30 gennaio 1589, dice Dulaure, si fecero in città parecchie processioni con quantità di fanciulli, tanto maschi che femine, ed adulti uomini e donne, tutti nudi ed in camicia, e lo spettacolo ne era così attraente da non essersi visto mai cosa sì bella». Il cavaliere di Aumale faceva i suoi giorni grassi in queste processioni, e lo si trovava sempre immischiato per offrire da refocilarsi alle graziose e poco vestite penitenti, le quali riscaldate da tali colezioni si permettevano qualunque eccesso. E si ricorda che perfino una volta il cavaliere condusse la santa vedova coperta solo da una fine tela, attraverso la chiesa di S. Giovanni, baciucchiandola e palpeggiandola, a grande scandalo di parecchie persone devote.

Questa santa vedova era la figlia di Andrea di Hacqueville, primo presidente al gran consiglio di stato e cugina del duca di Aumale, il quale ne aveva fatto la sua concubina. L'avventura della chiesa di S. Giovanni, produsse un tal scandalo che le processioni ne furono atterrate.

In moltissime poesie del tempo si trovano schizzi dei costumi di allora. Il dottor Courval-Sonnet ci dà dettagli sui balli pubblici, ai quali gli uomini si recavano al solo intento di procurarsi l'amante di un'ora e le donne allo stesso scopo. In queste sale di orgia pubblica si commettevano le più grandi immoralità, dal palpeggiamento osceno al bacio sul seno.

Il dottor Courval-Sonnet, questo medico poeta, in versi molto liberi, traccia episodii del libertinaggio vagabondo. Apprendendoci come fra le bande erranti dei Bohèmiens, gli uomini viziosi cercavano compiacenti mercenarii e feroci depravazioni. Tutte le donne, che facevano parte di queste nomadi popolazioni, erano a dieci anni già esercitate al traffico infame, e per trovarle vergini, si sarebbe dovute prenderle nel ventre della madre!

Sempre lo stesso autore nei suoi versi parla di un signore che essendo andato a cercare fra queste donne facil conquista, la notte, mentre dormiva a pugni chiusi, ubbriaco di vino e di eccessi, fu dalla bella rubato e per compenso ne ebbe quale imperituro ricordo... la sifilide. Cosa che ai nostri giorni non è certo più rara!

Il teatro era puranco orribilmente licenzioso. Bisognerebbe citare tutte le farse che ci restano del XVI secolo per constatare le innumerevoli risorse della loro immoralità, e per comprendere qual parte avevano nell'insegnamento del vizio.

Una donna, dopo aver assistito a queste oscene rappresentazioni, ne usciva con l'animo insozzato e con lo spirito volto alla lussuria.

Non soltanto le immagini più oscene, le parole più crude, le massime più vergognose, infioravano il dialogo, ma ancora la pantomima e di giochi di scena provocavano orribilmente alla crapula.

Un esempio tipico di queste farse sconce è quella di Frère Guillebert. Sin dall'esordio non è che un ammasso di volgari oscenità, espresse senza alcun velo. Si tratta di una giovane, maritata ad un vecchio, il quale l'ama, ma che non può darle prova del suo amore, se non una volta al mese. La moglie si lagna di ciò con la comare, la quale si meravigliava di vederla magra e pallida; e le dice che è troppo soffrir per lei, che se ne muore di consunzione e di fedeltà. La comare, donna piena di esperienza, la consola e la persuade a cercarsi un gagliardo amico; inutile dire che il consiglio venne subito accettato. La povera negletta avrà un marito. Il frate Guillebert arriva a buon punto. S'intendono, e si danno convegno per l'indomani, e la farsa finisce con una descrizione che farebbe arrossire perfino la penna del Casanova.

I soli titoli delle diverse farse allora in voga indicano sufficientemente ciò che dovevano essere.

«Nuova farsa, delle donne che chiedono ai loro mariti l'interesse dei mancati amori; ossia il marito, la moglie, la cameriera ed il vicino».

«Farsa delle donne che fanno nettar le loro caldaie e proibiscono che si metta la pulitura intorno al buco.» ecc.

L'hotel di Borgogna che rappresentava le farse propriamente dette, fino alla metà del decimosettimo secolo, vantava un commediante autore, il quale creava degl'intermezzi per tenere desta l'ilarità dell'uditorio fra due commedie, e che erano delle oscenità di questo genere: Il giocondo sermone di uno stuprator di nutrici. Il sermone dei batticuli e tutte le turpitudini sul capitolo dei conculcavimus. «Cari uditori, diceva facendo l'elogio della serata, vi bacio la mano, e voi baciatemi il deretano!» Nelle sue fantasie e nei suoi paradossi, non si vergognava di generare equivoci, come questo: «La donna prudente è quella che ha il palmo della mano peloso. L'ardita è quella che aspetta due uomini in un buco odoroso».

I mariti conducevano là le loro mogli, e le loro figlie. In generale in tutti i teatri non si rappresentavano che follie di amore ed adulterii, e non si discorreva che di mariti ingannati e di mogli infedeli.

Sotto Luigi XIII il vizio prese una spaventevole corrente. Data l'abolizione delle case di tolleranza, le prostitute non avendo più nè costume, nè insegna che le facessero riconoscere, ne risultavano continui equivoci dispiacevoli per le donne oneste. Le quali si vedevano spesso avvicinate ed insultate in pubblica via, e non potevano far altro che protestare contro gli oltraggi e le proposte impudiche fatte loro.

La donna la più disonesta non era tenuta a dichiarare la sua scandalosa professione, anzi spesso la si vedeva posare a donna di onore, quando non le conveniva di accettare qualche proposta fattale. Le cortigiane abitualmente dimoravano in certe specie di botteghe, aventi finestre sulla strada ed entrate in vicoli deserti; esse erano sedute innanzi la finestra, parate dei loro ornamenti più belli, e sorridevano sfrontatamente agli uomini che passavano innanzi a questi loro gabinetti da lavoro.

Le ragazze libere si riunivano la sera in luoghi convenuti, nei quali i libertini andavano a raggiungerle e dove si passavano scene scandalose.

Paulain de Sainte-Foix diceva che un missionario il quale predicava a S. Giacomo dello Spedale si scagliò con tanta forza «contro i convegni che si davano ogni sera al pozzo di amore de l'Ariana, e contro le oscene canzoni che vi si cantavano, e contro le danze lascive che vi si ballavano, e contro i giuramenti che vi si facevano, come su di un altare, di amarsi sempre, e di tante altre cose obbrobriose che in tal luogo si compivano, che tutti i devoti e le devote si recarono in folla ad ostruire con pietre questo ricettacolo della corruzione.»

I crociati, che dai loro viaggi d'oltre mare, importarono tante cose sconosciute, ristabilirono nel medio evo la moda dei bagni e delle stufe, di cui avevano fatto le loro delizie in Oriente. Invano i sessi erano divisi nei pubblici stabilimenti, i cattivi costumi profittavano di un'istituzione così favorevole al mistero. I bagni di Parigi non avevano nulla da invidiare a quelli di Roma; l'amore ed il libertinaggio attiravano il maggior numero di clienti in quei bagni, che coprivano tutto collo stesso velo discreto; i domestici maschi e femine di questi santuarii del vizio favorivano le corrispondenze, le interviste ed i piaceri; spesso secrete comunicazioni riunivano le stufe maschili a quelle femminili, facendone delle vergognose succursali dei luoghi infami. Perciò simili stabilimenti erano frequentati da tutti, i ricchi avevano cabine particolari, i poveri si bagnavano uomini e donne in una sola vasca.

Ogni barbiere poteva avere un bagno da uomo o da donna nella sua bottega, e oltre questi vi erano i grandi stabilimenti. Sin dallo spuntar dell'alba gli strilloni speciali annunziavano che i bagni erano pronti.

Nella Danza Macabra si legge che «i barbieri ed i bagnini, servitori di questi luoghi d'impudicizia, non si limitavano alla sola parte di compiacenti merciai della galanteria, ma che maneggiavano abilmente il rasoio e la lancetta, vendevano certi unguenti afrodisiaci speciali e praticavano la medicina infischiandosi della facoltà.»

Appena è possibile di prestar fede all'indecente e bizzarro servizio che, dicesi, reclamassero da questi ruffiani gli uomini e le donne. L'uso di farsi fare il pelo, cioè a dire di radere, tondere, o strappare con pinzette i peli che crescono su certe parti del corpo, nei due sessi; tale pratica pare che fosse, insieme ai bagni di vapore, stata importata dall'Oriente. Gli uomini e le donne che volevano passare per persone caste ed esemplari avevano immaginato di far sparire completamente dal loro corpo, ciò che chiamavano il vergognoso pelo. Solo i depravati e le donne dissolute, invece di tonderlo periodicamente, lo pettinavano, lo arricciavano e lo profumavano con mille ricercatezze di oscene sensualità.

Un aneddoto del Mezzo di Pervenire, racconta che la moglie dell'avvocato Librean, avendo chiesto a suo marito uno scudo per farsi fare il pelo, e non avendogliene questi voluto dare che solo mezzo, la moglie pensò di fargli un bel tiro. Andò via e la sera si mise a letto tranquillamente, quando il marito le si distese accanto, e volle osservare se il barbiere aveva ben servita la sua metà, con sua somma sorpresa si accorse che il pelo non era raso che da un lato solo:—E come,—esclamò egli—amica mia, ti sei fatta tanto mal servire? il tuo affare è fra due età, non avendo... barba se non da un lato solo.—Che vuoi—rispose la sorniona, sono stata servita come ho pagato; mi hai dato la metà di quanto ti ho chiesto, e mi hanno del pari spelata a metà. Fu così che al mattino l'avvocato diede l'altro mezzo scudo alla moglie, perchè si andasse a far... ringiovanire da entrambi i lati.

I barbieri ed i bagnini avevano anche la delicata missione di rifare le verginità perdute, ed ecco una curiosa ricetta tramandataci da alcuni allegri storici di quei tempi, che riportiamo a titolo di curiosità.

«Pigliate mezza oncia di terebentina di Venezia, un poco di latte proveniente dalle foglie di asparagi, un quarto di oncia di cristallo minerale infuso nel succo di limone, o in quello di mele acerbe, un bianco di uovo fresco con un po' di farina di avena, di tutto ciò fate come una foglietta che abbia una certa consistenza e la introducete nell'interno della parte da riparare, avendo cura di far prima una siringa di latte di capra, e di ungerla con pomata di razis bianco».

Le procuratrici di case di mal affare traevano grandi vantaggi da simili metamorfosi, e perfino alcune madri vendevano, riparandola, diverse volte la verginità delle figlie.

Quando una donna galante incominciava ad accorgersi che gli anni allontanavano i suoi adoratori, per non veder diminuire la fortuna che con essi aveva accumulata, impiegava il suo danaro e la sua esperienza nella fondazione di una casa di onore, dove si giocava, si cenava e si facevano altre illecite cose. Era là che si riunivano i più pericolosi cavalieri di industria.

Queste bische si moltiplicarono talmente verso la fine del XVII secolo, che la polizia fu obbligata a ricorrere a misure straordinarie per rimediare ai disastri prodotti dalla passione del giuoco.

Si ebbero inoltre dei balletti, in cui la licenza aveva raggiunto gli estremi limiti. Gaston di Orleans, fratello di Luigi XIII, era appassionatissimo per queste specie di danze; simil genere di divertimento rifletteva, con una cinica libertà, le sue abitudini depravate. Prima di lui Caterina dei Medici aveva dato ai balletti erotici, danzati dalle sue damigelle di onore, il massimo delle seduzioni voluttuose che si potesse desiderare.

Questi balletti erano sempre intermezzati da erotiche poesie che, senza reticenza, i cavalieri dicevano innanzi a dame e damigelle. In quasi tutti i soggetti di tali poetici componimenti—incredibile a credersi—i cavalieri vantavano, e facevano madrigali sul merito dei loro utensili!—

Il più famoso di questi balletti fu quello dato in onore del duca di Orleans che aveva per titolo «Le ballet des Andouilles.» Questa strana mascherata, narra il signor di Soleinne, ispirata da un episodio di Rabelais, è la più libera che si sia mai osato di rappresentare a corte; si discute sempre sullo stesso soggetto, che si portava in guisa di momon (idolo) offerto al signore della Rigaudière, gentiluomo di villaggio, e tutti gli stati sociali venivano ad adorare e a celebrare il sacro mistero delle Andouilles».

Con Luigi XIV gli spettacoli di corte divennero più riservati. Nondimeno vi si riscontra sempre qualche reminiscenza delle passate allegrie; e così che nel Balletto del Figlio di

Bacco (1651) si ascolta il duca di Mercaur e il marchese di Montglas, mascherati da nutrici, offrirsi per l'istruzione delle signorine ed apprendere loro in salaci versi il cammino da percorrere per diventar... nutrici.

Luigi XIV, come suo padre Luigi XIII, si può dire, che aveva completata la sua educazione danzando simili balletti, ed è facile comprendere che tal genere di ricreazione non era punto fatta per favorire la purezza del cuore nel giovane re. Nondimeno Luigi XIII aveva in parte smentito il vaticinio che si pronosticava dalla natura dei suoi primi divertimenti, e soprattutto dalla immoralità del suo precettore Vaquelin, che gli apprendeva la storia della cortigiana Flora. Infatti questo re non ebbe punto amanti carnali, e non fece se non della galanteria romanesca con le signorine della Fayette e d'Hautefort. Ma malgrado l'esempio quasi morale che il re dava ai gentiluomini, la corte di Francia, agli occhi della gente onesta, che la giudicava dai balletti, dal teatro e dalla letteratura, appariva come la scuola elegante del vizio.

La musica, il ballo, la poesia concordavano per ammollire i cuori, esaltare i sensi, e spingere allo stesso tempo attori e spettatori, sedotti, inebbriati, affascinati, nel labirinto della prostituzione. Secondo l'espressione di un contemporaneo, pare che a quell'epoca la metà del genere umano fosse interessata a sedurre ed a corrompere l'altra metà.

Il XVIII secolo vide introdursi, negli usi della crapula, un fatto nuovo per la Francia, cioè quello di avere una mantenuta. Il concubinato, che aveva avuto nell'antichità e nei primi secoli del medio evo un'esistenza riconosciuta e protetta dalla legge, era allora colpito da riprovazioni agli occhi della morale pubblica. Non si faceva gran caso per quelli che avevano delle amanti, per quelli che frequentavano compagnie sospette, che passavano dall'osteria alla casa di mal affare, si perdonava tutto ciò e ancor di più ad un figlio di buona famiglia, ricco e prodigo, che si dava in braccia al piacere, prima di far penitenza della sua scapata gioventù nei legami del matrimonio; ma non si sarebbe mai perdonato ad un uomo vedovo od ammogliato, di avere un'amante fissa e di coabitare con lei.

Dato ciò come si può spiegare questa subitanea e rapida moltiplicazione delle giovani mantenute! Bisogna credere che questo fu una conseguenza del timore delle malattie veneree, che incominciò dal consigliare i corrotti a non bagnare più le loro labbra alla fonte della pubblica prostituzione, ed in seguito a cercarsi un'amante privata. L'uomo che manteneva una donna a tal scopo, non conviveva quasi mai con lei, ed evitava di mostrarsi insieme in pubblico; ma nondimeno era felice a che tutti i suoi amici ne fossero informati. La vita di tali donne da quest'epoca cominciò con non essere più richiusa al fondo di un quartiere solitario, e si videro apparire nelle passeggiate ed agli spettacoli, queste etere che arrivavano fino a portare nome dei loro protettori.

Simili donne in generale menavano vita dissolutissima, si abbandonavano a tutti i disordini, senza tema di essere assimilate alle donne pubbliche, giacchè la polizia le tollerava.

Molte di queste donne trovavano un marito per la dote che riuscivano ad ammassare con mezzi poco leciti.

Un'altra categoria di donne mantenute, erano le donne maritate che, all'insaputa dei mariti, o d'accordo con essi, traevano da un adultero commercio tanto quanto far fronte alle ingenti spese della loro toilette ed a quelle di casa. Si segnalavano una quantità di grandi dame, che, all'esempio delle cortigiane, mettevano un prezzo ai loro favori, e spesso si vendevano per abiti o per gioielli.

Madama di Montbazon si era essa stessa imposta una tariffa di 500 scudi, e da qualunque parte questa somma le venisse, ella accettava l'offerta con tutte le conseguenze; questo prezzo corrente era talmente noto, che in un vaudeville composto in suo onore, si leggeva: «Bastano cinquecento scudi borghesi per far alzar la sua aristocratica camicia!»

Le dame di corte si facevano pagare in ragione della loro nascita, del grado che occupavano, e della posizione del marito. Madama di Bassompierre che non era nè giovane, nè bella, non mancava di galanti che ella trattava quali villani.

Tollemant parla di un signor Fabry che voleva dare 50,000 scudi per possedere la marchesa di Brosses, ma questa dama «quantunque inclinata alla lussuria» ebbe la probità di non accettare le offerte del giovane, il quale l'amava con una tale frenesia, da tracannare un giorno il contenuto del suo vaso da notte. Madama d'Espagnet, moglie di un consigliere al Parlamento di Bordeaux, chiedeva 100 pistole.

Gallard, fratello di madama di Novion, dava 4,000 scudi all'anno alla presidentessa della Barre.

Nella maggior parte dei casi, i mariti ingannati chiudevano gli occhi sullo sgonnellar delle mogli, per non aver a reprimere uno scandalo che ne provocherebbe un altro maggiore; ma più di frequente essi erano complici della loro vergogna intascandone segretamente i profitti!

Tali esempii di immoralità nell'ambiente della magistratura, della nobiltà e della finanza, non potevano non spingere il popolo in una via fatale di imitazione. Si ebbero quindi anche molte donne mantenute fra le mogli dei commercianti, i quali, occupati nei loro negozii, erano ancor più ciechi dei gran signori in ciò che riguardava il proprio onore.

Le mercantesse di Parigi erano tanto galanti e non meno viziose delle grandi dame, e del pari interessate. Spesso però si riscontrava in fra loro una squisita delicatezza di sentimenti, quando il cuore non era stato corrotto dal libertinaggio.

Un'altra piaga dell'epoca era il servidorame dei grandi, che in pubblico commetteva violenze, ed ingiuriava le donne oneste o disoneste che fossero. Nulla uguagliava l'insolenza e l'audacia di questa turpissima gente, attaccata come una lebbra alle grandi case, e vivente come ruffiani nelle osterie e nei luoghi infami. I lacchè portavano la spada, avevano abiti di velluto e di seta, si davano l'aria di gentiluomini ed imitavano tutti i vizii dei loro padroni, esagerandoli.

I signori in talune circostanze per vendicarsi di una donna l'abbandonavano ai loro servitori, i quali, sicuri dell'impunità, commettevano sulla vittima le più atroci infamie.

I continui disordini di questi scellerati avevano contribuito non poco alla pubblica corruzione, e alla propagazione dei mali venerei. Queste malattie erano tanto comuni, che si potevano contrarre con la stessa facilità con le cameriere che con le signore; sembravano essere le inseparabili compagne degli amori illeciti, e si attaccavano a tutti i gradi della scala sociale.

In seguito alle infami depravazioni della corte di Luigi XIII, non è sorprendente che gli uomini corrotti, che circondavano Luigi XIV prima della sua maggiorità, avessero tentato di depravarne i costumi per dominarlo, senza aver bisogno del concorso di un'amante. Tale fu, senza dubbio, l'origine dell'avversione che il giovane re aveva concepito contro questi infami corruttori che osarono portar su di lui una mano impudica. Luigi XIV infatti non ebbe mai la minima inclinazione pel vizio contro natura; se avesse seguito il suo carattere avrebbe anche punito severamente quest'obbrobrio; ma Louvois, cui amici in maggior parte si abbandonavano a tali dissolutezze, diceva al re, che ciò valeva meglio pel servizio di Sua Maestà, che se essi si fossero dati alle donne; giacchè quando bisognava andar alla guerra ed entrare in campagna, era difficile di staccarli dalle loro amanti, mentre con altre tendenze, erano felici di lasciare le donne ed entrare coi loro amanti ed amici in campagna, e che in questo caso non erano nemmeno tanto affrettati a ritornare in città.

Il duca di Vendôme viveva all'armata nella corruzione la più immonda, con i suoi familiari ed i suoi favoriti, senza arrossire dei suoi cattivi costumi e senza aver il pudore di nasconderli. Il gran Condè ebbe ugualmente a subire l'influenza perniciosa dell'esempio; essendo andato all'armata, ai tempi dei suoi amori con la signorina di Epernon «vi contrasse altri gusti—racconta la principessa Palatina—che al ritorno non poteva più soffrire le donne, e, diceva, per scusarsi, che era stato malato e che aveva perduto tanto sangue da non rimanergli più forze per dedicarsi al suo amore».

La sua amante però non si tenne paga di tali ragioni, ed informandosi, scoperta la vera causa dell'incostanza di colui che amava, per la rabbia e la vergogna andò a rinchiudersi fra le Carmelitane.

«Il vizio contro natura, dice la principessa Palatina, era la più grande passione del maresciallo di Villars,» e parlando del Duca di Orleans, fratello del re, la stessa competente scrittrice dice maliziosamente: «questo principe faceva le finte di avere un'amante, e di esserne innamorato, però questa donna se non avesse avuto altri amanti, non avrebbe certo perduto la riputazione, giacchè fra di loro non deve mai essersi passato nulla di biasimevole.»

Le dame di corte vedendosi disprezzate ed abbandonate dagli uomini, avevano formato fra esse una lega per farne a meno. Esistono troppi esempi scandalosi di questa depravazione feminile, la quale si era prepagata con tanta impudicizia, che le donne le più irreprensibili ne parlavano come di una cosa comune. La perversità aveva fatto tali progressi fra le donne di corte, da far loro mantenere secrete associazioni della più infame natura, che non furono mai colpite dalla vendetta pubblica, e che sfuggivano perfino alle ricerche della polizia particolare del re.

Le cortigiane dal canto loro, soprattutto le giovani, stabilirono pure associazioni dello stesso genere perfino nel castello di Versailles; era un nuovo ordine di Templari, che non aveva altro scopo se non la più infetta corruzione.

Luigi XIV prese energiche misure per punire i colpevoli e principalmente per distruggere tali spaventevoli società: «Le quali furono dissipate, ma fu impossibile di strappare dallo spirito della gioventù la semenza della corruzione che vi aveva messo salde radici.»

Le pubbliche passeggiate di Parigi erano invase, al cader della notte, da uomini depravati che cercavano di soddisfare le loro ignobili passioni. Tutte le vie oscure e poco frequentate divenivano il teatro delle più turpi infamie; il Louvre, il palazzo ufficiale della regalità assente, che siedeva a Versailles, non era nemmen'esso rispettato dai vili libertini, che Sauval chiama i volontarii del Louvre. Il conte di Pontchartrain scrive da Fontainebleau il 2 novembre 1701: «Il re è stato informato che i cortili del Louvre servono ai più infami usi di prostituzione e che il portiere favorisce simili disordini e lascia aperto il passaggio e l'entrata dei cortili.»

La cronaca del tempo segnala l'epoca della pace del 1748, come l'epoca vergognosa in cui cominciò a manifestarsi, per Luigi XV, il disprezzo generale, che non fece che accrescersi ogni dì più. Depositando la corazza il re parve che rinunziasse alla gloria e perfino all'amore del suo popolo, giacchè abbandonò le redini dell'impero alla sua amante, di cui l'odioso regno doveva continuare fino alla sua morte.

La bella Madama d'Etioles si era separata dal marito, e non ne portava nemmeno più il nome. Il re l'aveva fatta marchesa di Pompadour.

La marchesa aveva una sostenuta vigilanza, giacchè temeva che il re non l'abbandonasse completamente, a causa della sua schifosa infermità che aveva già costretto il reale amante a trascurare per un certo tempio il letto di lei. Questa infermità diè voga in Francia al seguente epigramma:

La marchesa è piena d'incanti,
tutta grazia ed occhi franchi,
le crescono i fiori d'innanti:
ma, ahimè! son fiori bianchi!

Dagli inviti di corte ella cercava sempre di allontanare tutte quelle dame che potessero impressionare il re per la loro bellezza, e spesso facevale anche esiliare perchè avevano commesso il delitto di voler piacere un po' troppo. Divenuta sopraintendente dei piaceri del monarca, fece reclutare bellezze nuove ed ignote, per rinnovare il serraglio che essa governava a suo capriccio.

Tale fu l'origine del Parc-aux-cerfs abisso dell'innocenza e dell'ingenuità, che inghiottiva la folla delle vittime, le quali, ritornando dopo nella società, vi apportavano la corruzione, l'amore della crapula e tutti i vizii di cui si infettavano necessariamente col commercio degli infami agenti di un simile luogo.

La marchesa morì chiedendo perdono alla sua casa e a tutte le cortigiane delle scandalo che aveva lor dato, cosa che non impedì di gratificare la sua tomba dell'epitaffio seguente:

Qui giace chi fu quindici anni zitella,
Vent'anni cortigiana e otto ruffiana.

Dopo la Pompadour venne la Dubarry che mise il colmo alle infamie. Lo scettro di Luigi XV nelle mani di questa cortigiana divenne la clava delle più grandi follie. Quale stravaganza in tatti di vedere questa donna uscir nuda dal letto, e farsi calzare una pantofola dal nunzio del Papa e l'altra dal grande elemosiniere, e che questi due prelati si stimavano ben compensati per tal vile e ridicolo impiego, gettando un colpo di occhio fuggitivo sui secreti incanti di una simile bellezza!

Il re aveva parecchie volte parlato con piacere della principessa di Lamballe, la Dubarry se ne impensierì e fece parte delle sue preoccupazioni all'abate Ferray, che, da sincero amico, le consigliò di imitare la Pompadour, e di prestarsi, come questa defunta sultana, ai mutevoli gusti del monarca; di fargli qualche volta da ruffiana, di fornirgli qualche giovanetta che potesse per un certo tempo occupare il cuore del re. E pare che ella mise in pratica la lezione dell'abate, tanto da permetter al re quasi in sua presenza di godersi l'artista Raucoux della Commedie-Française, che per la sua eccezionale impudicizia era soprannominata la Grande Lupa.

Verso la fine del regno di Luigi XV la Dubarry fu continuamente malmenata nelle canzoni, negli epigrammi, nelle caricature e nelle novelle che circolavano sul suo conto alla corte ed in città.

Si scrissero su di lei molti opuscoli e biografie raccontando dettagliatamente tutte le circostanze ed i passatempi più secreti della favorita col suo real amante. In uno di questi scritti intitolato Memorie secrete di una donna pubblica, o avventure della Contessa Du Barry, dalla culla fino al letto di onore, sono narrate tutte le astuzie a cui ella ricorreva per consolarsi dell'esaurimento del re col duca d'Aiguillon ed in mancanza di questi col piccolo Zamore, col quale aveva messo in pratica tutte le teorie dell'Aretino.

Se questi erano i costumi dell'alto, non reca meraviglia che la corruzione avesse raggiunto nel popolo i maggiori eccessi.

La pittura di tali depravazioni si trovano più particolarmente nelle Nouvelles de l'Opera vestales et matrones.

«Ogni sera al cader del giorno si vedono accorrere in folla al giardino delle Tuileries un reggimento di piccole operaie avvolte in cuffie, delle donne che si spacciano per vedove, delle vecchie sarte con fanciulli, le quali tutte vengono per darsi ai vecchi libertini, che ne fanno ricerca.

Madamigella Laurencin avendo servito in questa corporazione per circa dieci anni, finì per ottenere un impiego dal conte di Binter, che l'aveva trovata molto destra in certi esercizii!

Non si andava neanche troppo pel sottile riguardo certi pregiudizii, e non era molto difficile ad un uomo danaroso, il quale aveva avuto un bastardo, di trovargli un padre legittimo; ed a questa sostituzione si prestavano non di rado perfino dei nobili spiantati. L'oro accomodava tutto.

«Si contano a Parigi 30,000 donne pubbliche, dice Mercier, e circa 10,000 mantenute che di anno in anno passano di mano in mano.

«La polizia cerca delle spie in questo corpo infame. I suoi agenti mettono queste disgraziate a contribuzione, aggiungendo i loro disordini ai disordini della classe, esercitano un impero sordidamente tirannico su questa gente avvilita, la quale crede che non vi sono leggi per lei. Sì, vi sono esseri aldisotto di queste donne, e questi esseri sono certi uomini della polizia.»

Oltre delle prostitute e delle cortigiane era venuta su una nuova classe di pervertite, le quali attiravano i giovani ricchi, fingendo di darsi ad essi per amore e non per venalità, giacchè non accettavano danari, ma regali e ricordi in... gioielli e brillanti.

«La rivoluzione di Termidoro è stata la vittoria della donna, hanno detto i fratelli de Goncourt, il Terrore rappresentava una tirannia virile, ed era nemico personale della donna, in questo senso che le toglieva ogni influenza, e le dava solo alcuni diritti. Il

Terrore detronizzato, le donne hanno ricorso al loro esercizio feminile: hanno fatto della rivoluzione politica una rivoluzione sentimentale. Poi, le lagrime non ancor bene asciugate, hanno gettato la Francia verso il loro patrono: il Piacere, e subito sono ridiventate signore e regine in questo paese, che aveva fatto un certo digiuno di lusso, di diamanti e di feste.»

All'epoca del Direttorio lo scopo unico della vita sembrava essere il godimento. Le donne non si occupavano di altro se non di essere seducenti, senza andar troppo pel sottile nelle questioni di virtù e di castità.

La manifestazione più strepitosa del rilassamento dei costumi in tale epoca fu l'abbigliamento.

«Non più busti—scrive Lacour—non più vesti. Una camicia ricoperta da una tunica drappeggiata all'antica, o meglio una lunga guaina di lino, di mussola o di velo, stretta stretta, che era la perfetta traduzione delle forme, e poi... basta. Solo intorno al collo, sul petto, alle orecchie, nei capelli: cammei, medaglioni e di ogni colore e di ogni grandezza, in mano, una ballantine ed un sacchetto, alla cintola un nodo con nocca; e generalmente si faceva di tutto per simular la gravidanza.»

I giuochi di società erano tutti a base di... stimolanti, e nei balli soprattutto la libertà dei costumi raggiunse il suo apogeo. Madama Tallien comparve al ballo dei Frascati con una veste trasparente, avendo due cerchi di oro in guisa di giarrettiere, anelli a tutte le dita, i piedi nudi stretti in sandali di porpora. Si andò anche più oltre, il costume alla sauvage, pei balli, era di velo chiaro, con mutande aderenti al corpo in maglia di seta color carne. Le alte cortigiane avevano il coraggio di andare la sera a passeggio nei giardini di estate, portando un semplice calzone di seta rosa, sotto una camicia di lino chiaro; esponendo a tutti gli sguardi i seni, le gambe e le cosce strette in cerchi di diamanti. Questa classe di donne, dette più propriamente le meravigliose, finì per giudicare perfino inutile la camicia, e passeggiavano pei Campi Elisi, nude in una guina di velo, e qualcuna col seno interamente scoperto.

La letteratura oscena era naturalmente in gran moda, gli spettacoli licenziosi abbondavano, ed a tali esempii, dice Mercier, la lascivia dei Parigini era diventata così sensibile da superare quella dei passerotti che popolano i loro tetti; anzi i primi sono ancor più volubili e cambiano di femina più frequente dei secondi, e la maggior parte non hanno nemmeno la stessa delicatezza nei piaceri.

«Non vi è un sol angolo di porta, un sol angolo di muro che non sia triplamente coperto di stampati annunzianti rimedii per la guarigione radicale delle malattie veneree. Si distribuiscono nelle mani dei vecchi, delle donne, delle giovanette mille annunzii di pretese guarigioni. Nessuno arrossisce di dare o di ricevere questi stampati.»

E togliamo ancora dai Tableaux de Paris di Mercier quest'ultimo meraviglioso quadro della vita libertina di quei tempi:

«Alle nove di sera il rumore ricomincia... è la sfilata dello spettacolo. Le case sono scosse dal rullio delle vetture; ma questa confusione è passeggiera. È l'ora, in cui tutte le prostitute, la gola scollata, a testa alta, il viso illuminato, l'occhio ardito quanto il braccio, malgrado la luce delle botteghe e dei pubblici fanali, vi perseguitano nel fango con le calze di seta e le scarpine piatte. Si dice che l'incontinenza serve a preservare la castità; che queste donne vulgivaghe impediscono il furto; che, senza le ragazze di piacere, la gente avrebbe meno scrupoli di sedurre e di violare giovani innocenti. Checchè ne sia questo scandalo è passato innanzi la porta delle oneste borghesi che hanno figlie spettatrici di tale obbrobrioso disordine.

«Alle undici, nuovo silenzio. È l'ora in cui ognun finisce di cenare. È l'ora pure in cui i caffè sono pieni di oziosi e di viziose. Le libere passeggiatrici non osando più di restar in istrada, per non farsi arrestare dalla ronda che a tal ora è in giro, si rifuggiano nei caffè.

«A mezza notte e un quarto di nuovo il rumor delle carrozze, di quelli che escono dai teatri, dai caffè, dai divertimenti, e che, non essendo giocatori, rincasano. La città a quest'ora non appare per nulla deserta: il modesto borghese e l'operaio che dorme diggià, è svegliato da simile confusione, cosa che non dispiace punto alla moglie. Più di un Parigino deve la sua nascita alla brusca commozione degli equipaggi. Il tuono è anch'esso un gran popolatore!

«Al mattino, i libertini escono dalle case delle amanti di una notte pallidi, disfatti, la coscienza più volta al timore che al rimorso, e gemono tutto il giorno per l'occupazione della notte, ma il vizio è un tiranno che li riprenderà l'indomani.»

Come si vede la corruzione aveva fatto in tutte le classi tali progressi, che è da meravigliare se la società moderna, pervertita sin dalla nascita dal rovesciamento di tutte le leggi, dallo scatenamento di tutte le follie, dalla sete smodata dei godimenti e dei piaceri sensuali, dall'amore del lusso, della ricchezza e dal desiderio del piacere, non sia più cattiva e più depravata. Si ammigliorò, al contrario, a misura che il governo rivenne a migliori istituzioni sociali. Il gran riformatore fu il Primo Console.

III. PRATICHE VIZIOSE CONTRO NATURA

(Nell'antichità)

La storia del vizio contro natura nelle sue diverse manifestazioni si perde nella notte dei tempi, o almeno non se ne trovano indizii che per la pederastia, ma a partire dalla Grecia antica i poeti di quei tempi sono stati, si può dire, gli storici della concupiscenza, illuminandoci sulle alte turpitudini dei loro concittadini. A Roma soprattutto si era diventati maestri nell'arte dei raffinamenti lubrici.

Tra le diverse pratiche immonde bisogna menzionare in prima linea l'azione dei cunnilingues e dei fellatores.

I cunnilingues erano quelli o quelle (giacchè questa sporcizia era praticata da entrambi i sessi) che eccitavano i genitali femminili con la lingua sulla clitoride.

I fellateurs o fellatrices succhiavano le parti virili e le tribadi sacrificano a Venere senza il concorso dell'uomo.

Il poeta Marziale nei suoi epigrammi ci dà un quadro magnifico di questi depravati:

«Manneius, marito con la lingua, adultero con la bocca, più sporca delle bocche del Summaenium, di fronte al quale, vedendolo nudo innanzi alla sua finestra a Suburra, l'ignobile prostituta chiude il suo lupanare. Lui che ha tanta pratica delle visceri femminili, da sapervi dire se una donna incinta ha nel ventre un maschio od una femmina; ora non può allungare l'infetta lingua, giacchè un male indecente ha imputridito la cloaca della sua bocca, in modo che il poveromo non sa più come fare per essere pulito nè sporco.»

Questa mostruosa fantasia fu spinta tant'oltre presso i Greci, che, cosa incredibile, non contenti di leccare le parti genitali delle donne allo stato normale, ve ne erano di quelli che le ricercavano umide e sporche sia di mestruo, sia di tutt'altra escrezione.

I Romani imitarono i Greci, Seneca s'indigna di veder nominare console un cunnilinguo:

«Ignoravi tu dunque, quando nominasti console Mammercus Scaurus, che egli inghiottiva a bocca aperta i mestrui delle sue serve? E se ne nascondeva forse? E ci teneva forse ad apparire un uomo puro?»

Questa porcheria era chiamata «andare in Fenicia» perchè tale operazione ricordava il colore rosso di questo paese. Simile atto era designato pure con la parola Scylax (cane) perchè i cani hanno di tali abitudini schifose.

La strana depravazione dei cunnilingui fu ancora in favore nelle età susseguenti. Ausonio in un suo epigramma dice:

«Che padre modello quel Eunus, quando sua moglie è incinta, si affretta a dar lezioni di lingua ai figli non ancora nati!»

Catullo nei suoi versi tratta da becchi i cunnilingues ed i fellatores a causa della fetidità delle loro bocche.

Una varietà di fellatores era data dai così detti irrumateurs, che non succhiavano, ma semplicemente solleticavano colla lingua.
I Lesbici passavano per gl'inventori di questa impurità, ed è per tale ragione che si trova spesso citata la parola «lesbianizzare». Gli abitanti di Nola avevano simile riputazione; Ausonio ne parla in questi termini:

«Aldifuori della privanza coniugale, del legittimo commercio, l'infame lussuria ha scoperte oscene voluttà, che all'erede di Ercole consigliò lo scioglimento di Lemno, che la toga del fecondo Africano mise in mostra sulla scena, che una molle e corrotta capitale insegnò alle genti di Nola. Crispa che non ha se non un corpo solo pertanto le pratica tutte; essa masturba, succhia, presta alle impure voglie l'uno e l'altro orifizio; ha paura di morire senza essersi corrotta in ogni parte dell'impudico corpo.»

Il Manuel d'erotologie de Forberg descrive tutte queste sozzure con una eccessiva ricerca di dettagli; ed in esso si trova la famosa domanda di Smepronia ad un suo amico: «Che melodia vuoi che ti suoni su questo flauto?»

Ai giorni nostri il coito boccale è in gran voga, specie fra le classi di condizione relativamente agiata, e fra i mariti che amano il contrabando, giacchè, secondo loro, questa pratica presenta meno pericolo di contagio.

Se la semenza umana potesse fecondar la terra, nel bosco di Bologna a Parigi, sopratutto di està, che musica di vagiti si udrebbe!

È là che la sera, il libertino seduto sul banco e la felattrice inginocchiata per terra, la Venere contro natura trionfa!

Gli antichi per sfogar le loro brame non lasciavano neppur caste le glandole mammarie. Nei suoi dialoghi Luisa Singea, fa raccontare ad Ottavia una scena di questo genere: «Con l'una e l'altra conca di Venere—ella dice—mi sono coperta di onta! arrossisco nel ricordarmi che l'interstizio dei miei seni è servito di passaggio a Venere...»

Ma non andiamo più oltre, chi volesse sapere fino a quali estreme raffinatezze gli antichi fossero giunti per soddisfare il loro erotismo non ha che a leggere il Satyricon di Petronio.

IV. VIZII CONTRO NATURA FEMMINILI

1° Tribadi, Fellatrices, Fricatrices nell'Antichità

Le fellatrici erano pure spesso chiamate tribadi. Questa depravazione voluttuosa era familiare alle donne di Lesbo e rapidamente si sparse per tutta la Grecia, donde tal passione fu importata in Italia, e le matrone romane vi si abbandonavano con furore.

Tutti i poeti erotici della Grecia sono d'accordo nel riconoscere che il tribadismo era in grande onore a Lesbo. Luciano l'attesta: «... È una di quelle tribadi come spesso se ne incontrano a Lesbo, che non vogliono ricevere gli uomini, e che fanno l'ufficio di uomini con le donne».

Si supponeva che se tale vizio era inveterato nelle Lesbiche, esse vi fossero spinte dalla loro natura stessa, per liberarsi da un intollerabile prurito; giacchè, si diceva, che elleno avessero una clitoride troppo prominente, la quale impediva loro di aver commercio cogli uomini.

Oltre la celebre Saffo, di cui parla Ovidio, vi fu un'altra tribade ancor più famosa per nome Megilla. Luciano nei suoi Dialoghi ce la mostra sotto un aspetto veramente tipico.

E vi fu pure una certa Philoenis la cui passione libertina non conosceva limiti, ella aveva così pronunziata l'escrescenza delle parti genitali, da andare alla ricerca delle donne vergini, ed arrivava fino a sodomizzare i ragazzi. Marziale racconta che ella abusò di dodici giovanette in un giorno solo!

Luciano in una violenta satira riprova le orgie delle tribadi di Roma: «Andiamo, uomo del nuovo secolo, egli esclama, legislatore di sconosciute voluttà, poichè tu apri una nuova via alla lubricità degli uomini, accorda dunque alle donne un'eguale licenza; che esse si uniscano in fra di loro, come gli uomini, che provvedute come sono da un simulacro degli organi virili, mostruoso enigma della sterilità feminile, una donna si corichi con un'altra donna, come un uomo con un uomo!

«Che questa parola la quale colpisce così raramente le nostre orecchie e che ho vergogna di pronunziare, che l'oscenità delle nostre tribadi trionfi spudoratamente!»

A quei tempi si credeva che l'esagerazione della clitoride fosse causa di sterilità; giacchè si raccontava di un agiato Romano il quale avendo sorpreso sua moglie in funzioni tribadiche, con un colpo di rasoio le aveva tagliato quella escrescenza, e che da allora la matrona divenne feconda dopo quattro anni di sterilità.

Ed un poeta più moderno, parlando delle tribadi esclama:

«Esse operano un miracolo degno dell'enigma tebano, rendendo possibile l'adulterio senza il concorso di un uomo.»

Leone l'Africano nella sua descrizione dell'Africa (1632) parla così delle tribadi di Fez:

... «Ma quelli che hanno un giudizio più sano, chiamano queste donne Sahacat, parola che corrisponde al latino Fricatrices, perchè esse hanno l'abbominevole abitudine di godersi fra di loro. Se accade che qualche bella donna va a visitarle, questo streghe si mettono a bruciare di amore per essa, non meno ardentemente che gli adolescenti per le giovanette, e sotto forma diabolica le chiedono per compenso di soffrire che esse l'abbraccino. Ne risulta allora che ella crede di obbedire agli ordini del diavolo, mentre non fa che soddisfare i capricci delle streghe. Se ne trovano puranco di quelle che attratte dal godimento provato in questi abbracci, ricercano in seguito l'accoppiamento con le streghe, e, fingendosi ammalate, le chiamano presso di loro per eludere la vigilanza dei mariti. Quando questi si accorgono della cosa, le streghe dicono loro che la moglie è posseduta dal diavolo e che non potrà liberarsene se non entrando a far parte della loro associazione.»

La parola tribade aveva pure altra volta un diverso significato, serviva a designare le donne che, in mancanza d'un uomo, ottenevano il godimento sia per mezzo del dito, sia introducendosi negli organi genitali un ordigno di cuoio.

I Greci chiamavano quest'ordegno Olisbos, pare che le donne di Mileto se ne servissero molto. Suidas nel suo dizionario alla parola Olisbos, dice: «membro virile in cuoio, di cui usano le donne di Mileto, come tribadi ed impudiche, le vedove se ne servono pure.»

Luisa Singea, dice: «Le donne di Mileto si fabbricano dei simulacri di otto pollici di lunghezza e grossi in proporzione.» Aristofane ci apprende che le donne del suo tempo se ne servivano pure, più tardi in Italia, in Grecia ed in Asia questo strumento occupava il primo posto nel gabinetto di toilette femminile.
2° Le tribadi al medioevo

Abbiamo già accennato in uno dei capitoli precedenti come nel medioevo i massimi disordini carnali si verificassero nei penitenziali, dove abbiamo visto che gli errori antifisici delle donne erano puniti colla stessa severità di quelli degli uomini.

Il termine di tribade si trova riportato in tutti i penitenziali, così in quello di Angers al X secolo indicava tre anni di penitenza alle tribadi (mulier cum altera fornicans).

Si è pure visto come più tardi lo squadrone volante della regina Caterina de' Medici, non fosse composto da altro se non da damigelle che si abbandonavano a tutti i sollazzi, non escluso quello del tribadismo. Brantôme nelle sue Dame galanti l'illustra a meraviglia.

Sauval parla di talune lesbiche, le quali si crescevano le donnole per farsi conoscere «tanto che gli antichi si servivano di queste bestiuole come di lettere jeroglifiche per indicare le tribadi.»

E tanto era il gusto che questo donne provavano a far l'amore in fra loro da non volersi maritare, nè dal volere che le loro amiche si maritassero.

Anche Brantôme fa menzione degli «istrumenti in forma di priapi, che si è voluto chiamare Godemichys parola formata dal latino Gaude mihi.»

Ai tempi di Luigi XVI esisteva un vero collegio di tribadi, e si davano il nome di Vestali di Venere. Riunioni particolari si tenevano in appositi locali, le associate erano in gran numero e tutte di alto censo. Esistevano perfino statuti, sotto la garenzia dei anali si operavano le nuove ammissioni; l'affiliazione contava tre categorie: le promotrici, le postulanti, le iniziate.

Prima che la postulante fosse ammessa ai segreti dell'ordine, doveva subire una prova per tre giorni di seguito. Rinchiusa in una cella tappezzata d'immagini lubriche, virilità maschili ritte e scene di accoppiamento, doveva alimentare il sacro fuoco. Questo fuoco, composto di materie speciali, aveva il carattere particolare che se vi si metteva troppo o troppo poco materiale si spegneva, e ciò per provare che la postulante non si era distratta nella contemplazione degli organi e delle pose lascive che la circondavano. Se il fuoco si spegneva, voleva dire che ella aveva ancora qualche desiderio pel maschio, e perciò non poteva essere ammessa.

L'ammissione la faceva passare nella categoria delle iniziate. Solo questo possiamo dire, gli altri articoli dello statuto appartengono ai trattati di pornografia, e noi passiamo a descrivere la tribade moderna.
3° Le Tribadi moderne

Il dottor Chevalier si esprime così: «La donna è portata ad aggrandire il dominio dell'amore, per soddisfare le naturali voluttà. Il disgusto è il castigo dell'eccesso; sempre assetata di nuovo, sempre alla ricerca dell'ignoto nel campo infinito del piacere, ella vuol gustare tutte le ebbrezze, conoscere tutte le specie di baci, cantar tutta la lira di amore, e va, va lontano, più lontano ancora fino all'illecito. Notate però che spesso il solo colpevole è l'uomo. È lui che sveglia nella donna la curiosità delle sensazioni ignorate, ingannandola nella sua aspettativa con la brutalità o la propria perversa impotenza, non servendosi di lei che come un istrumento di piacere, iniziandola ai misteri dell'amore unilaterale, quando non arriva perfino a condurre, dopo libazioni, la sua compagna di un'ora, la concubina, o la propria legittima sposa in una casa speciale per offrirle lo spettacolo di un lavoro, pel quale un largo tappeto di velluto nero è steso sul pavimento, o per sottomettere lei stessa al saffismo. D'allora la caduta è irrimediabile; la donna piglia in orrore l'uomo e l'amore e va ad ingrossare il battaglione delle lesbiche. Ed ecco come molte volte avviene che un marito non possa obbligare la moglie ad un cambiamento di residenza; un altro condurre la sua a prestarsi ai doveri coniugali, e un altro non poter nemmeno riuscire a penetrar nel letto di lei.»

Che il timore della gravidanza fuori del matrimonio, e quello della maternità nello stato matrimoniale, spingano la donna al vizio, è un fatto provato e non dei meno frequenti. Se per l'uomo il celibato non è che una parola, per la donna non è la stessa cosa: la paura di divenir madre ne fa una crudele realtà. Combustione sensuale senza oggetto, disoccupazione del cuore, tale è il suo destino, ora è bene si sappia che il non essere amato deprava. Ed ecco cosa accade, l'abbandonata cercherà nel suo sesso l'anima gemella. In mancanza di marito avrà un'amante, e la tranquillità dal punto di vista della gravidanza.

Ciò esposto, vediamo un po' quali sono le pratiche dell'amore lesbico.

All'infuori delle pratiche generali, quali baci, introduzione della lingua nella bocca, carezze, palpeggiamenti diversi, l'amor lesbico ha tre modi principali di esplicazione.

Il tribadismo, il clitorismo ed il saffismo.

Il tribadismo è il processo nel quale l'accoppiamento è simulato dal semplice contatto (vulva contro vulva) con accompagnamento di strofinio degli organi genitali esterni.

Il clitorismo è la complicazione di questo processo, introducendo in più nella vulva la clitoride smisuratamente lunga e facente funzioni da membro virile.

Il saffismo o coito boccale è il processo più semplice e più comune, e le donne che vi si abbandonano sono in francese denominate gougnottes.

Vi sono donne i cui desiderii si portano alternativamente sul maschio e sulla femmina.

Accade spesso che una donna, il cui sentimento amoroso, non si svegliava se non pel proprio sesso, incontri un giorno un uomo verso il quale si sentirà attratta, ella potrà amarlo e sposarlo. Nondimeno l'amore per l'uomo della donna le cui inclinazioni sono pel tribadismo, sarà un episodio passaggiero della sua vita, ella si vedrà dopo un certo tempo novamente portata verso il proprio sesso. (Moll).

Il coito normale non basta alla soddisfazione dei bisogni sessuali delle tribadi, ve ne sono molte che si fanno leccare dal marito per ottenere il godimento. Il saffismo del marito è sufficiente molte volte, ma spesso però l'ufficio dell'uomo non può procurare alla tribade la sensazione voluttuosa che ella risente dallo stesso atto praticato dalla donna.

Il dottor Moll fa la seguente osservazione: «Quando due donne vivono insieme, come accade di sovente, l'una di esse soltanto è una prostituta, l'altra in generale resta presso la sua amica sotto le apparenze di cameriera o di coinquilina. Nei rapporti delle donne in fra di loro, la parte attiva e la parte passiva sono spesso bene distinte, è perciò che esse si chiamano l'una padre e l'altra madre. Nel matrimonio legittimo si accorda che l'uomo può permettersi qualche strappo alla fedeltà coniugale, mentre la donna deve conservarsi integerrima; così pure nei legami fra due donne, solo il padre, cioè a dire quella che rappresenta la parte attiva, ha il diritto di avere rapporti con l'uomo.

«Tali legami fra donne si constatano in diverse classi; particolarmente fra le attrici e le kellerine di caffè. Posso inoltre certificare che vi sono pure fra le maritate donne affette da inversioni sessuali, e che, quando l'occasione si presenta loro, non esitano a soddisfare i proprii pervertiti istinti. Ma è soprattutto fra le donne pubbliche, che le tribadi abbondano; so da fonte sicura che il 25 % delle prostitute di Berlino hanno relazioni sessuali con altre donne.»

Il dottor Martineau, parlando appunto di tali legami fra le ragazze che servono nelle birrerie, per dimostrare quanto si amino in fra di loro, dice che trovandosi a corto di danaro «preferiscono pegnorarsi abiti e gioielli, anzichè farsi infedeltà cogli uomini.»

In quasi tutti i paesi del mondo le case di tolleranza sono piene di donne appassionate pel delizioso piacere di Lesbo. Ciò si spiega facilmente per la coabitazione di esseri dello stesso sesso. Dieci, venti, trenta donne d'una immoralità assoluta, riunite allo scopo di sfruttare i piaceri venerei, sotto lo stesso tetto, alla stessa tavola, coricantesi quasi sempre due a due, talvolta tre, nella stessa camera, spesso nello stesso letto, non possono che fatalmente cadere nella pratica saffica.

Molte di esse in sulle prime resistono alle sollecitazioni, di cui sono l'oggetto dalla parte delle loro camerate già destre, e manifestano il disgusto che tale vizio ispira loro, ma poi poco a poco si familiarizzano, tentennano, infine cedono; molte si danno per la prima volta nel dormiveglia dell'ebbrezza, ed in ciò, come in tutto, è il primo passo quello che decide.

La pazzia saffica è stata spinta tant'oltre nelle case di tolleranza che anni fa si constatava che quasi tutte le prostitute rinchiuse a Saint-Lazare, prigione femminile di Parigi, portavano sul corpo inciso il nome di un'altra donna. Pare però che da qualche anno a questa parte simil genere di tatuaggio sia stato abbandonato.

Il saffismo rappresenta una parte importante dei lucri delle tenitrici di case infami nelle principali città del mondo in generale e a Parigi in particolare. Giacchè esse offrono spesso alla curiosità dei clienti delle pantomime lesbiche con viventi quadri plastici, e le donne che fanno da attrici debbono essere addestrate in tutti gli esercizii saffici.

Certe case di tolleranza parigine e londinesi sono conosciute come centri specialmente viziosi, dove le tribadi mondane e demi-mondaines, le tribadi abituali, quelle occasionali e le intermittenti, convengono allo stesso modo che i clienti maschi, e, come questi, pagano la loro entrata, i cui prezzi variano fra cinque, dieci e venti franchi.

In queste case dove prima il saffismo dell'uomo per la donna era praticato su vasta scala, ora è quasi completamente abbandonato. Le donne vogliono darsi esclusivamente ad altre donne, spesso in collettive orgie lesbiche.

Un fatto degno di nota è che le donne delle case di tolleranza tanto portate al saffismo fra di loro, mostrano una certa ripugnanza a praticarlo con donne che non conoscono. È perciò che in certe grandi case le tenitrici hanno cura di prevenire anticipatamente le ragazze che vogliono lavorare presso di loro che debbono prestarsi alle richieste di uomini e donne indifferentemente.

Questa repulsione trova la sua spiega nel fatto che non sempre le clienti femminili sono giovani, qualche volta se ne hanno da cinquanta a settantanni. E queste vecchie si presentano a due a tre insieme, coperto il viso da una maschera, o da un velo impenetrabile per non essere riconosciute, e pagano caro i loro capricci, spesso fino a cento lire.

Tutta una categoria di prostitute libere sfruttano i vizii delle donne, e pescano sfrontatamente nelle strade, ai balli, ai teatri, alle corse, alle esposizioni le loro clienti.

Il saffismo si esercita allora a domicilio, e in camere di passaggio, in appartamenti privati, in certe botteghe di mercerie, di guantaie, di mode, di profumerie, dove possono facilmente convenire le tribadi per vizio e quelle per mestiere.

A Parigi—città speciale in simil genere di pervertimenti—le tribadi hanno i loro restaurants particolari, le birrerie che servono quali luoghi di convegno; esse sono facilmente riconoscibili, vanno sempre due a due, si vestono allo stesso modo, non si lasciano mai, tanto che le chiamano petites soeurs, sono di una gelosia estrema, e si sacrificano tutto l'una per l'altra. Non è difficile di trovare famiglie in tre, in cui il marito rappresenta una quantità molto trascurabile. Più di una tribade ha cavalli e servi che deve a qualche signora del gran mondo!

La sera verso il tardi nelle birrerie e nei caffè concerti si vedono girare ragazzine dai dieci ai quindici anni per vendere fiori, ma non offrono mai i loro mazzettini agli uomini; esse sono semplicemente agenti della prostituzione saffica, in cerca di clienti femminili.

Le lisbiche di professione non si nascondono, anzi vanno sempre in acconciature quasi maschili, coi capelli corti e cappello da uomo senza ornamenti, col fiore all'occhiello, l'andatura da giovanotto, pallide, corrette ed ardite, serene d'impudore, ecco la fisonomia strana, enigmatica e sconcertante che tradisce la tribade avverata.

Oltre che nelle prigioni e nelle case di tolleranza è particolarmente negli ospedali speciali, nei così detti sifilicomii, che si formano i legami tribadici. Ma nelle scuole soprattutto questo vizio si sviluppa. Le ragazzine sono generalmente espansive, piene di abbandono e per un niente si prodigano carezze e baci. Quante volte simili relazioni di collegio, che si giudicavano innocenti, si son viste continuare e rinsaldarsi coll'andar degli anni, e che più di un pretende alla mano di queste giovanette, è stato rifiutato, senza che mai nè lui nè i genitori delle ragazze, hanno potuto indovinarne la causa.

Parecchi autori credono che siasi ad attribuire a questo vizio il contrasto che regna continuamente in talune famiglie. Ciò è verosimile stantechè esistono donne maritate, le quali all'insaputa del marito, intrattengono relazioni con tribadi.

A tal proposito il dottor Dubonnet nel 1877 pubblicò un caso veramente strano. Si tratta di due amiche, le quali avevano fra di loro rapporti sessuali. Una di esse si maritò, e dopo il matrimonio riprese il legame con l'amica la quale divenne incinta!

Bisogna ammettere che la donna maritata aveva, passando dalle braccia del marito in quelle dell'amica, trasportato sulle parti genitali di quest'ultima qualche goccia di sperma!

Ecco, per terminare, un esempio che mostra le predisposizioni al tribadismo: Si tratta di una donna trentenne. Fu deflorata a 15 anni da un giovane che non rivide mai più e che produsse su di lei un'impressione sgradevole. Il ricordo dell'atto sessuale le riusciva penoso. Più tardi fece conoscenza con un altro uomo che le piacque e col quale ebbe rapporti sessuali, trovando questa volta nell'atto genetico una voluttà assoluta. Verso il diciottesimo anno, dopo aver avuto relazioni con diversi uomini, s'imbatte con una giovanetta che l'abbracciò, e le mise le mani sul seno, quest'ultimo palpeggiamento le procurò una vivissima sensazione di godimento.

Poco tempo dopo la sua amica le propose di dormire con lei, e le praticò il saffismo. Le parti furono in seguito invertite, ed esse continuarono a vivere insieme funzionando alternativamente da attive e passive. A partire da tal epoca, questa donna non trovò più alcun piacere con gli uomini. Arrivò perfino a farsi saffizzare da uomini, senza cavarne il minimo godimento.

Il dottore Eram dice che il tribadismo è comunissimo in Oriente: «Per rendersi conto fino a quali eccessi tale pratica può essere spinta nelle donne orientali, non si ha che a pensare alla sedentanea vita che menano: mancanza assoluta di qualunque esercizio, all'ozio, alla noia e soprattutto alla fiducia delle madri che non si preoccupano, nè hanno alcuna sorveglianza per ciò che fanno le loro figlie in queste lunghe ore di solitudine».

Tegg, secondo Mantegazza, cita parecchi matrimonii? fra due donne. Il 5 luglio 1777, comparve a Londra una donna che si vestiva da uomo e che si era già unita in legittime nozze con tre donne. Ella fu esposta alla pubblica gogna.

Nel 1773 un'altra donna travestita da uomo, fece la corte ad una giovanetta per ottenerne la mano, ma senza successo. Il caso più straordinario è quello di due donne che vissero insieme 36 anni. Quella che funzionava da donna non svelò il segreto che al letto di morte.

Il celebre processo del preteso conte Sandor, che non era altri se non la contessa Sarolta, la quale riuscì, sotto spoglie maschili, a sposare una ricca signora nel 1889, viene anch'esso ad accrescere la casistica medica delle inversioni sessuali. Tale processo che è di un interesse eccezionale è riportato in tutti i suoi dettagli nel volume Inversioni Sessuali del dottor Pietro Fabiani, nel quale potranno, quelli che lo desiderassero, trovare più ampie relazioni scientifiche su questa branca delle Psicopatie Sessuali.1
4° Sodomia nella donna

La sodomia nella donna, dice il dottor Martineau, non si presenta nelle stesse condizioni, nè nelle stesse circostanze che nell'uomo. Mentre in quest'ultimo la pederastia possiede un'organizzazione speciale, perfettamente regolata, le sue abitudini di pigrizia, di furto, di ubbriachezza, di delitto, il suo abito esterno, rivelantesi nel modo di vestirsi, di coprirsi di oggetti, di gioielli appartenenti ordinariamente a donne, mentre nel sesso mascolino, questa organizzazione è destinata soprattutto a favorire l'industria colpevole, che a Parigi vien chiamata chantage, avente per iscopo di speculare sulle passioni degli individui, di cui il senso morale è pervertito; nella donna invece le circostanze nelle quali si produce la sodomia sono ben differenti.

Nella donna la sodomia non è un affare di scandalo, e soprattutto non è abitualmente il preludio del furto e del delitto.

La si constata specialmente nella donne maritate, nelle giovani, e perfino in quelle nelle quali le abitudini sociali, la professione allontanano qualunque idea di queste abitudini contro natura.

La sodomia si osserva nella donna maritata, sia che ella ignori l'abiezione dell'atto a cui il marito la chiama, sia che ella subisca un atto imposto con la violenza, con la brutalità, sia infine che ella vi si sottometta volontariamente per tema che il marito non vada a chiedere alla prostituzione mascolina o femminile la soddisfazione di un appetito genetico che lo domina.

Tardieu ha detto: «È cosa singolare che nei rapporti coniugali si produce spesso la sodomia. Il coito anale rimpiazza il coito vaginale che talvolta non è stato mai messo in pratica. Spesso avviene che pochi giorni dopo il matrimonio gli uomini abituati a simili depravazioni, cominciano ad imporle alle loro mogli. Queste, nella loro innocenza, nella loro ignoranza, vi si sottomettono, ma più tardi e pel dolore fisico o perchè qualche amica o la madre le avverte, si rifiutano con più o meno ostinazione ad atti che da allora in poi sono soddisfatti con la violenza dal marito.»

Vi sono speciali circostanze, aggiunge Martineau, nelle quali si incontra la sodomia, e queste debbono ricercarsi nei costumi, nelle abitudini delle donne di certi paesi, di talune contrade dell'Europa, dell'Asia o dell'Africa. Le giovani di questi paesi preferiscono abbandonarsi al coito anale anzichè a quello vaginale. E ciò perchè la vergogna di un tale atto non le colpisce tanto quanto se fosse riconosciuto che esse hanno perduto, prima del matrimonio, il carattere ed il segno della verginità.

La sodomia si osserva a tutte le età della donna, dagli otto fino ed oltre i cinquanta anni. Il dottor Martineau, sfogliando le numerose osservazioni raccolte nel suo servizio, ha trovato che è più frequente dai sedici ai venticinque anni.

Si constata ancora la sodomia presso le donne pubbliche e nelle prostitute clandestine; ma per queste il coito anale è considerato, così come il coito vaginale, quello saffico e tutte le altre pratiche viziose, quale un mezzo di lucro, per aumentare ed accrescere il salario, soddisfacendo i gusti depravati degli uomini che, temendo le compromissioni della pederastia e conseguentemente lo scandalo, si rivolgono alla prostituzione feminile.

Circa le donne poi che preferiscono il coito anale a quello vaginale, perchè solo così possono soddisfare i loro istinti pervertiti, il Mantegazza ha tentato di spiegare questa inversione in un modo ben singolare ed ingegnoso, come accenneremo nel capitolo della Pederastia maschile.

V. PALPEGGIAMENTI OSCENI

Attentati al pudore—Masturbazione—Perversità—Flagellazione.

La donna è spesso più viziosa dell'uomo, specialmente in fatto di toccamenti osceni su ragazzi.

Più di quello che non si è tentati di credere, si trovano negli annali giudiziarii questi casi mostruosi, i quali si potrebbero qualificare per stupri a rovescio, cioé a dire introduzione del pene di fanciulli condotto dalla mano della donna nelle proprie parti genitali.

Il dottor Casper cita il fatto di un'istitutrice di apparenza casta e modesta che si portava spesso in letto un ragazzino di sei anni e se lo stringeva contro i seni, lo strofinava sulle sue parti genitali, tanto che gli comunicò la blenorragia di cui lei era infetta. Lo stesso autore parla di una madre che abusava del proprio figlio di 9 anni.

La corte di assise della Senna nel 1842 condannò una giovane accusata di aver violato due ragazzi di 11 a 13 anni.

Un tipo di lubricità straordinaria è quello di una madre citata da Tardieu, la quale deflorò sua figlia di 12 anni, introducendole le dita, parecchie volte al giorno e per parecchi anni, negli organi sessuali.

Casper racconta pure di una madre accusata di aver introdotto, brutalmente nell'orifizio genitale della figlia di dieci anni, prima un dito, poi due, poi quattro ed infine una pietra ovale, per rendere, diceva lei, tale parte atta al coito.

Si sono viste ancora ignobili nutrici eccitare i genitali dei bambini confidati loro, sia per amore di lubricità, sia per non farli piangere. A tal proposito si cita il caso di un bambino che pigliava il latte da una robusta nutrice e che invece di fortificarsi, deperiva senza causa apparente, quando un giorno fu sorpresa questa disgraziata in estasi venerea, col bambino in fra le gambe, succhiante un capezzolo, che non era quello del seno....!

Gli uomini come le donne si abbandonano ad atti osceni sui bambini, e più spesso su quelli di sesso femminile, introducendo loro fra le cosce, sia per davanti che per di dietro, i genitali.

Lacassagne riporta il caso di una ragazzina di 12 anni, che fu in questo modo contaminata da un uomo; e di un'altra ragazzina a cui un mostro aveva praticato il saffismo, corrompendosi allo stesso tempo nella bocca di lei!

Schaunestein ha osservato un caso di attentato al pudore sopra un bambino di otto mesi. Infine la statistica dal 1874 al 1883 riporta che si sono avute 95 donne incolpate di attentati al pudore su fanciulli, i quali non avevano ancor raggiunto il loro quindicesimo anno e 10 accusate dello stesso reato su adulti.

Il dottor Kocher d'Alger ha paragonato i procedimenti del coito dei popoli primitivi con quelli adoperati dagli individui nei casi di attentato a pudore sulle ragazzine.

I casi di vizii innati, se ci possiamo esprimere così, non sono tanto rari all'epoca moderna, eccone un esempio del dottor Legrand du Saule:

«Una giovane, appartenente ad onesta famiglia, si sentì spinta, ma seppe per un certo tempo reprimere i suoi desiderii voluttuosi, che finì in ultimo col soddisfare ricorrendo all'onanismo. In seguito le sue conversazioni molto libere, manifestarono le disposizioni che un resto di pudore teneva ancora nascoste, ed infine alcuni gesti provocatori e discorsi addirittura lascivi, la condussero ad eccessi di disordini. Fuggì dalla casa paterna e per le sregolatezze che commise fu iscritta nei registri della polizia. Discesa ai più bassi scalini dell'abiezione, poteva appena colla sua infame ed attiva industria, temperare il fuoco della lubricità, che la divorava. E tutto ciò senza alcun disordine apparente dell'intelligenza, senza allucinazione, senza pazzia, ma senza che alcun freno morale avesse potuto metter un argine a simili turpitudini.»

Ciò non può destar tanta meraviglia, quando si pensi a tutte le altre classi di persone che pur occupando cariche elevate in società, per arrivare alle quali hanno dovuto dar prove di sano intendimento e non comune coltura, ma non pertanto nel campo delle passioni sessuali fanno trasecolar per le loro follie.

Ve ne ha di quelli che non possono sacrificare a Venere, sie non raccogliendo colla bocca l'orina, o le materie fecali, oppure leccando le regioni del corpo della donna coperte di sudore, come le ascelle, i piedi o semplicemente al sentir l'odore degli escrementi.

Ve ne ha di quelli ancora, dice il dottor Moll, che trovano la soddisfazione sessuale, non nell'atto del coito, ma vedendolo solo praticare da un altro.

Ed altri che debbono ricorrere alla flagellazione, come abbiamo visto nei capitoli precedenti, e farsi punzecchiare da spilli. Tale anomalia presenta due casi. La flagellazione passiva può, data l'irritazione meccanica dei nervi, produrre erezioni riflesse.

I libertini indeboliti hanno ricorso a questo mezzo per stimolare i loro sensi addormentati e ciò è più una perversità che una perversione. Mentre la perversione consiste a ricercare la sottomissione della donna che costituisce il punto più importante.

Casi di perversità inaudita ci danno quelli che abusano dei cadaveri, e quelli che coiscono o sodomizzano le bestie.

La bestialità ha spesso per causa una moralità discesa ad un livello bassissimo, un forte stimolo sessuale, che non conosce ostacoli per soddisfarsi. Essa non è un fatto raro nelle stalle delle vacche e nelle scuderie di cavalli, nè sono risparmiate le capre, i polli, i cani; ai soli rapporti con questi ultimi si limitano le donne.

Un esempio mostruoso di pervertimento fisico e morale è il caso riportato da Marchka, di una donna che a Parigi, fra una certa classe di gente, contro un'entrata pagata, si mostrava, facendosi coprire da un grosso bouledogue addestrato a simile funzione.

Questi numerosi esempii provano che l'umanità è più corrotta di quanto non si creda; e chi ci tenesse ad avere una più ampia cognizione di tutte le varietà di pervertimenti che la infestano, non ha che a leggere il volume del Dottor P. Fabiani, Pervertimenti Sessuali.2

Completeremo questo capitolo dei toccamenti impudichi con una disamina della masturbazione.

La masturbazione è cosa tanto spontanea e naturale nell'uomo e nella donna, i quali non hanno a disposizione il sesso opposto, che è dovuta esistere in tutti i tempi ed in tutti i luoghi. Ma è da notarsi che tal vizio è più noto nei popoli più civili; ciò deriva dal fatto che presso questi una quantità di ragioni di ordine morale rendono più difficile l'avvicinamento dei sessi. In fatti, nei paesi selvaggi dove si va nudi e l'amore è libero, la masturbazione è del tutto sconosciuta.

Una causa di questo vizio nell'uomo vivente in società disciplinate, è la secrezione spermatica continua, che chiama, quando non trova sufficienti mezzi naturali di evacuazione, la mano a venirle in aiuto. Le frequenti e vigorose erezioni della pubertà vi concorrono pure.

Il piacere solitario si avvicina all'accoppiamento quando chiede un soccorso; l'uomo masturba l'uomo e la donna la donna. Nell'uomo non vi sono quasi mai complicazioni, ma nella donna arriva a tali raffinatezze, che questo vizio diventa la sorgente di manovre indecentissime.

Nel fanciullo l'atto è accompagnato da tal godimento, che egli cerca incoscientemente di riprodurlo quanto più può. Verso il decimo e il quindicesimo anno la masturbazione è più frequente. Il fanciullo comincia a conoscere la differenza fra i due sessi, prova sentimenti indefinibili, e trova allora un compagno più avanzato che lo istruisce. D'allora la masturbazione resta un'abitudine per un gran numero di adulti, ai quali nulla sarebbe più difficile che la soddisfazione normale del godimento sessuale.

Il dottor Lallemand così analizza questo stato di cose:

«Il fatto della sessualità a tale periodo dell'adolescenza è un mistero che preoccupa tutti i fanciulli e la cui soluzione li tormenta sempre. Li si vede continuamente sbirciare le serve, le amiche di casa, tutto ciò che porta una veste. Ordinariamente si ride di queste puerilità, ma se vi si ponesse mente, si riconoscerebbe da segni non equivoci che l'istinto genitale si risveglia. Si vedono ragazzi inchinarsi a guardare le gambe delle donne che lavorano la terra; avvicinarsi ad una scala su cui una donna è salita; restare in contemplazione sotto un balcone per vedere una gamba che si avanza; entrare furtivamente in una stanza per assistere alla toilette di una sorella, oppure spiarla mentre essa dorme. Non sanno ciò che cercano, ma un impulso secreto li spinge con perseveranza, sveglia e guida la loro intelligenza; finiscono per scoprire quel che desiderano e vi perveranno tanto più facilmente quanto più si sta in guardia. Le loro idee sono vaghe, ma tutte le sensazioni che vi si collegano sono vivissime e lasciano, nella loro immaginazione, un'impressione profonda, incancellabile, di cui il ricordo si conserva ancora lucido nell'età matura e fino alla vecchiaia.»

Oltre le già esposte la masturbazione può avere un mondo di cause, che sfuggono all'osservazione del più accorto osservatore.

Generalmente la masturbazione solitaria è manuale; però negli adulti ed in tutti quelli che hanno qualche nozione dei rapporti intersessuali, in tutti i libertini stanchi ma ingegnosi, si esplica in mille varietà.

La masturbazione in comune è frequentissima nei collegi e nei seminarii, e talvolta nelle prigioni; in generale l'atto è reciproco. Quella personale vien spesso praticata dagli amanti, e perfino dagli sposi per terminare l'atto sessuale cominciato da un coito incompleto. Vi sono anche uomini che per sfuggire al pericolo delle malattie veneree chiedono tale servizio alle prostitute, e vecchi ripugnanti che non potendo in altro modo soddisfarsi, pagano i ragazzi per farsi masturbare.

I giovanotti viziosi si abbandonano ad un similacro di coito, introducendo la verga in un corpo qualunque. Vi sono quelli che si servono di materassi, guanciali, nei quali praticano un buco, altri sono giunti perfino ad usare cavità naturali che si vedono in certi alberi. I garzoni beccai si pollulano nei polmoni degli animali macellati ancora caldi, perforandoli per tale uso.

Molti per eccitarsi all'onanismo si fanno stropicciare i testicoli, o solleticare il retto, le gambe con carezze lascive e perfino con leccamenti feminili o infantili.

Altri praticano la sodomia artificiale per giungere a masturbarsi, la quale consiste nell'introdursi le dita, priapi artificiali o naturali o tutt'altri oggetti nell'ano.

Certi masturbatori si servono di una pallina di avorio armata di una stelo di acciaio, di cui l'estremità resta, durante l'uso, fuori del retto; i movimenti bruschi che s'imprimono allo stelo metallico, generano una serie di vibrazioni, che si comunicano alla pallina penetrata fino alla prostata e determinano uno scuotimento favorevole all'eretismo genitale.

Gli esempii non sono rari di individui che sono obbligati di ricorrere al chirurgo per l'estrazione di corpi stranieri che si sono introdotti nel retto, quali: pezzi di ferro, bicchieri, bottiglie e vasi di pomate conici, piante ecc.

Un religioso citato da Nolet si era introdotto, diceva lui, per guarirsi dalla colica, una fiola di acqua della regina di Ungheria.

«Una depravazione morale che risulta dall'onanismo, fa che lo spirito abituato a cercare il piacere in un cerchio di idee, in una serie tutta particolare di sensazioni, non può più trovarne altrove. I godimenti di tal vizio sono i soli che il masturbatore può risentire. L'unione dei sessi non ha più alcun'attrazione per lui, non vi si abbandona—quando pure lo fa—che con ripugnanza, provando un piacere molto inferiore a quello delle sue pratiche solitarie. Il senso genitale e quello della procreazione sussistono; soltanto i gusti depravati hanno preso il posto dei gusti legittimi.»

La masturbazione feminile consiste nella frizione dell'organo clitorideo; la quale risulta da manovre della donna impiegate su sè stessa o da una persona straniera.

Essa si produce col dito, col pene o con la lingua. In talune circostanze simile specie di masturbazione può avvenire per mezzo del fregamento delle coscie, sia che la donna stia seduta, sia che si trovi in una posizione verticale; e si compie con un movimento particolare del bacino, con un dondoleggiamento delle anche. Questa varietà si riscontra soprattutto nelle donne sottomessa durante una gran parte del giorno ad assiduo lavoro. Tal mezzo è anche messo in pratica da donne occupate a cucire a macchina e da quelle dedite all'equitazione.

La casistica medica ha raccolto numerosi esempii di tali depravazioni.

«L'uso della macchina da cucire, dice il dottor Pouillet, è non soltanto una causa, ma un mezzo di masturbazione. Durante una visita che feci ad una fabbrica di abiti militari, ecco la scena di cui fui testimone: In mezzo al rumore uniforme di trenta macchine da cucire, mi accorsi di un tratto che uno di questi apparecchi funzionava con maggior velocità degli altri; guardai la persona che vi lavorava: era una brunetta di 18 a 20 anni. Mentre spingeva automaticamente il pantalone che confezionava, la sua faccia si animava, la bocca le si schiudeva, le mani si dilatavano ed il va e vieni dei piedi trascinava le pedali in un movimento sempre più vertiginoso. Dopo poco vidi gli occhi di lei illanguidìrsi, le palpebre abbassarsi, la faccia impallidire ed il capo le si arrovesciava all'indietro; un grido soffocato, seguíto da un sospiro, si perde' nel rumore del lavoratorio. La giovanetta restò per qualche secondo in estasi, poi cacciò il fazzoletto, si asciugò le tempie imperlate di sudore, volse in giro uno sguardo timido, sospetto, vergognoso e riprese il lavoro.»

Spesso sono vecchi impotenti e viziosi od uomini corrotti che si abbandonano a tali indecenti manovre digitali e linguali su povere ragazzine che non ne capiscon nulla, ma che se ne ricordano poi più tardi.

Spesso sono, come si vede abitualmente nei collegi femminili e negli ateliers da lavoro, compagne che si aiutano reciprocamente in tali illecite pratiche.

Spesso la donna per tema della gravidanza chiede all'amante od al marito di essere in tal modo corrotta, prestandosi ella stessa, per compensarlo, ad altri atti antinaturali.

Torturate dai desiderii acuti, consecutivi ad un'abitudine inveterata di godimenti genetici, certe donne vanno ancor più lontano e per sollecitare od accendere un eretismo troppo lento a venire, ma necessario alla consumazione dell'atto erotico, si abbandonano, così come abbiam detto per la masturbazione mascolina, a toccamenti sull'ano, o all'introduzione in questo di corpi stranieri, che spesso sfuggon loro di mano e necessitano, per l'estrazione, l'intervento del chirurgo?

Ancora più pericolosi sono i corpi stranieri che certe donne per masturbarsi si introducono nella vagina. Dai trattati medici speciali si rileva che hanno avuto gravi conseguenze per le pazienti le estrazioni di simili corpi: pezzi di astucci, spilli, aghi, fili di paglia, legumi, candele, pezzi di legno, flacconi di odore, sugheri di cristallo, o di legno ecc.

Il dottor Janssens d'Ostenda ha estratto da una vagina un bicchiere di birra che vi stava impigliato per intero!

Fra le cause che possono far nascere l'abitudine di masturbarsi nella donna, bisogna in primo luogo contare l'influenza dell'uomo. Non vi è alcun dubbio infatti che l'impotenza o l'indifferenza del marito predispone la donna al vizio solitario, sopratutto se ella è giovane ed ardente, ma quando l'impotenza del congiunto si accompagna a lascivia, la causa diviene più attiva.

Di sovente quando il matrimonio legale o libero dura da un certo tempo, spenti i primi ardori, l'uomo, che un bisogno di voluttà trascina al congresso sessuale, non prova più, in seguito ad eccitazioni mentali, le sensazioni desiderate, egli allora cerca di far prendere alla moglie pose lascive per accendere la sua fiamma.

Allora avvengono rapporti contro natura, che non soddisfano la donna, ma che l'eccitano e la spingono alla masturbazione.

Lo sposo cerca sempre di far dividere alla compagna la sensazione voluttuosa che egli prova. Se la donna è fredda ed abile, simula un'impressione che non risente, maniera intelligente questa per legare a sè maggiormente il proprio congiunto. Ma non tutte le donne agiscono così. Qualcuna di un temperamento caldo e di un'immaginazione viva, non trovando nel coito una sufficiente soddisfazione indica all'uomo con parole carezzevoli e con gesti espressivi, un altro mezzo per arrivare all'agognato fine. Questo mezzo è sempre la masturbazione.

Quando un giovane cerca di ottenere i favori di una donna, qualunque sia la casta a cui essa appartiene, dopo i baci di tutte le specie, per eccitarla maggiormente ricorre a manovre digitali, dopo le quali la donna si abbandona a lui completamente.

Ecco la scuola della masturbazione per la donna, e le cause che bisogna evitare per non essere trascinati a questo vizio, che ha tanta nefasta influenza sul fisico e sul morale e che il più delle volte conduce precocemente alla morte.

VI. VIZII CONTRO NATURA MASCHILI

1° Pederastia—Sodomia nell'antichità

Il dottor Arrufat dice essere probabile che i primi uomini abbiano lungo tempo vissuto una vita selvaggia, sparpagliati a caso, in piccoli gruppi erranti, ancora impegnati nell'animalità, impulsivi, incapaci di riflessione; il piacere di un istante percepito vagamente in un io embrionico faceva nondimeno vibrare tutto l'essere e l'assorbiva. Essi non provavano se non due bisogni, che sono il simbolo della materia vivente: conservarsi e riprodursi.

«È perciò che gli uomini di quei tempi si accoppiavano secondo i loro capricci. Il maschio brutale ed acciecato dalla potenza dell'istinto cercava una femmina; ecco la ragione di quelle relazioni fra parenti prossimi che noi giudichiamo criminali ed incestuose, e che, frequentati nelle società giovani, sono abituali nelle bestie. Ma quando le femmine mancavano e che la fregola, più dolorosa della fame, sovraeccitava i maschi, gli errori del sesso si presentavano fatalmente, l'uomo andava verso l'uomo.

«Nessun animale, nel rapporto sessuale, ha desiderio cosciente della riproduzione, bensì la ricerca del piacere egoista. In realtà ciò che ha reso naturale l'istinto che spinge l'uomo verso la donna, il maschio verso la femmina, è la moltiplicità delle esperienze durante i secoli scorsi. Ma l'istinto della riproduzione o piuttosto la tendenza che ci spinge a soddisfare il bisogno è molto anteriore, e per conseguenza più potente».

Tali sarebbero le leggi che avrebbero presieduto all'esordio del vizio contro natura nel mondo; esso ha dovuto essere praticato sin dai tempi più remoti, qualche scritto nei libri sacri indiani ne fa menzione, ma nulla di preciso circa i dettagli esiste fino alle relazioni della Bibbia.

Tutti sanno dei vizii di Sodoma e Gomorra. Mosè fu inflessibile al riguardo dei delitti di sodomia. «Non avrai relazioni sessuali con un maschio, come quelle che hai con una donna» dice nel Levitico. Il culto di Daolfhegor, il dio favorito dei Madianiti, fu accettato dagli Ebrei con una passione che è la più chiara testimonianza dell'indecenza dei suoi misteri. I sacerdoti di questo dio erano giovanotti senza barba, coi corpi spelati e profumati di olii odorosi; essi intrattenevano un ignobile commercio d'impudicizia nel santuario della divinità.

Ma fu soprattutto nella Grecia antica che il vizio contro natura fu accolto e praticato liberamente. Tutti i poeti di quei tempi hanno elevato inni agli efebi divini; lo stesso avvenne a Roma. Lucillio espone nelle sue satire i vantaggi e gl'inconvenienti della pederastia, che offriva ai mariti di Roma un compenso e come una consolazione alle noie e alle tribolazioni del matrimonio, ma che come il matrimonio aveva gli stessi inconvenienti.

«Così Socrate, dice un marito alla moglie, nel suo amore pei ragazzi, si mostrò sotto un punto di vista migliore, perchè non amava punto le donne. Ed amava tutti i giovanotti indistintamente».

La prostituzione pederasta esisteva a Roma fianco a fianco colla prostituzione femminile le leggi l'autorizzavano. Petronio nel Satyricon racconta scene concernenti simili sregolatezze.

Il vizio si era materializzato e rigettava ogni specie di pudore. Le orecchie non erano più rispettate degli occhi ed il cuore pareva avesse perduto i suoi istinti di delicatezza in questo decadimento morale che gli dava l'abitudine delle cose vergognose.

Gli imperatori essi stessi ne davano l'esempio. Cesare, il primo dei Romani, quando salì al trono aveva già venduto la verginità della sua giovinezza a Nicodemo re di Bitinia.

Orazio ha cantato gli amori di Augusto pei giovanotti. Marcantonio gli rimprovera di aver comprato col suo onore l'adozione dello zio e di aver ceduto le sue compiacenze in Ispagna a Hirtius.

Nerone sposò con tutte le pompe, l'eunuco Sporus, e lui stesso si prestò ai capricci dei suoi cortigiani.

Tiberio, malgrado la sua caducità, si abbandonò a tutte le turpitudini del vizio contro natura.

Caligola aveva commercio con Lepido, col commediante Maestus ed ancora con altri, operando reciprocamente. Valerio Catullo gli rimprovera pubblicamente di aver disonorata la sua gioventù.

Galba preferiva ai ragazzi gli uomini robusti, non importava se fossero anche già vecchi. Quando Icilus, un suo antico concubino, venne ad annunziargli in Ispagna la morte di Nerone, Galba non contento di abbracciarlo in presenza di tutti, lo fece depelare e lo condusse a letto con lui.

Vitellio passò la sua gioventù a Capri accanto a Tiberio e restò bollato col nome di Spinthria.

Fu l'impuro familiare di Nerone e di Galigola.

Al momento della sua entrata trionfale a Roma, Commodo aveva fatto montare dietro lui, sul carro, quello dei concubini che egli preferiva, Antenos, e, durante tutta la cerimonia, Commodo si girava ogni momento per baciare questo vil personaggio.

Alla morte di Antenus, Commodo, si abbandonò alle più strane voluttà. Ebbe trecento concubine ed altrettanti giovani cinedi scelti nella nobiltà e nel popolo. Non risparmiò nessuno di essi, li sottomise tutti alle sue vergognoso compiacenze, non rifiutandosi di prestarvisi egli stesso. Fra questi cinedi ne aveva scelto uno che preferiva e che soprannominò Onon (Asino) grazie a certe analogie oscene che aveva con simile animale. Lo colmò di favori e di danari.

Eliogabalo, durante l'inverno che passò a Nicomedia, sbrigliò i suoi gusti infami, ed arrivarono a tanto le sue sregolatezze, che i soldati, i quali lo avevano eletto, arrossirono dell'opera loro, vedendo che l'imperatore si confondeva con vili gitani. Nè cambiò metodo di vita quando giunse a Roma. «Tutte le sue occupazioni, dice Lampride, si limitavano a scegliere emissarii incaricati di cercare dappertutto e di condurre alla corte uomini che dovevano adattarsi a certe condizioni favorevoli ai suoi piaceri.» Sceglieva al teatro ed al circo i compagni delle sue orgie tra gli atleti più robusti ed i gladiatori meglio membruti.

Al principio dell'era cristiana si trovano qua e là dettagli precisi relativi alla natura di certe voluttà dette immonde dagli scrittori religiosi.

L'Abbate di Clervaux, Enrico, scriveva al papa Alessandro III nel 1877: «L'antica Sodoma rinasce dalle sue ceneri!»

Orderic Vital segnala il contagio di questo vergognoso vizio: «Allora, dice, gli effeminati dominavano in tutti i paesi e si abbandonavano liberamente alle loro sozze corruzioni, degne delle fiamme dei roghi, essi abusavano impunemente delle orribili invenzioni di Sodoma.»

I Normanni al medio evo furono accusati di aver introdotto questo vizio in Francia. Questi uomini, si affermava, che non avevano vergogna di prestarsi scambievolmente ad una abominevole prostituzione. Essi non facevano che un uso moderatissimo delle loro mogli, le quali non erano destinate ad altro che alla maternità.

Giacomo di Vitry ha registrato questo fatto curioso: Sotto i re anteriori a Luigi IX, le donne pubbliche, fermavano gli ecclesiastici nelle vie, e quando questi non volevano seguirle, esse li chiamavano sodomiti. «Questo vizio vergognoso e spregevole, dice egli, è talmente comune, che colui il quale ha una o parecchie concubine è considerato come un uomo di costumi esemplari».

Un poeta della stessa epoca, l'abate Gautier de Coigny, nelle sue favole, in un grazioso poemetto esclama: «Ed ecco come la natura si è messa a seguir le leggi grammaticali, accordando il maschile col maschile ed il feminile col feminile: oggi gli uomini si accoppiano cogli uomini, e le donne colle donne.»

Questo vizio erasi moltiplicato a tal punto che Filippo il Bello si propose di metter un argine al progresso della sodomia, colpendo di terrore coloro che davano l'esempio di questa criminale aberrazione dei sensi. Tal fu la principale causa del processo dei Templari. In essi Filippo il Bello perseguitava il sacrilegio e la concupiscenza spinta all'ultimo eccesso dell'audacia e dello scandalo.

2° La Pederastia ed i Pederasti moderni

Molti pederasti hanno esordito nella vita sessuale con atti puramente normali fra sessi opposti. Essi hanno ricercato e praticato il coito, ma più tardi, dopo aver esaurito con la donna tutte le voluttà, si sono abbandonati quasi completamente ai rapporti del vizio contro natura. È il vizio che ha dominato tutta la vita di questi individui, la sola, l'unica preoccupazione della loro esistenza è stata la soddisfazione genitale.

La scipitezza ha tenuto dietro all'abuso dei godimenti naturali, ed è allora che hanno ricorso alle eccitazioni fittizie; ma un eccesso ne chiama un altro, la potenza genetica s'indebolisce e cade in frigidezza. Per questi individui la donna non ha più attrattive, la sua vista non li eccita più, gli organi di lei non hanno più il potere di svegliare i sensi.

Allora l'immaginazione cerca, trova ed inventa. Nuovi eccitanti si offrono allo spirito, ed il disgusto che in altri tempi avrebbe ispirato l'atto contro natura, appare come l'unico mezzo per realizzare la soddisfazione dei loro desiderii.

L'uomo depravato arriva così gradatamente alla pederastia attiva, a cui si dà in prima esclusivamente. Ha trovato in questa nuova esplicazione sessuale l'eccitante capace di rifargli una virilità e di ricondurlo alla voluttà che non poteva più raggiungere in alcun modo.

Così come con la donna, pure il coito maschile finisce col condurre alla sazietà; il pederasta cerca allora una nuova soddisfazione, da attivo diviene passivo, poi viene l'onanismo boccale. Ed è questa ordinariamente la fine del vecchio libertino che non ha più altre risorse.

A quelli che si meravigliano come il pederasta passivo possa trovare in tale atto una sensazione di voluttà, risponderemo colla ingegnosa teoria del Mantegazza, il quale ammette in simili individui un'anomalia di tragitto dei nervi genitali, che, secondo lui, invece di terminare negli organi della generazione si distribuirebbero alla mucosa rettale ed anale, per cui le sensazioni voluttuose verrebbero percepite da queste parti invece che da quelle.

Ciò sarebbe provato anche dal trovare donne cinede o donne che nel tribadismo amano ad essere eccitato il retto col dito, come abbiamo detto nel capitolo precedente. Mantegazza a conferma inoltre della sua ipotesi ricorda un grande scrittore, il quale gli confessava di non avere potuto dire a sè stesso, se maggiore voluttà egli provasse nell'amplesso o nella defecazione.

Si trovano ancora pederasti per gusto. Spesso sono uomini distinti, perfino delicati, occupanti un'alta posizione, padri di famiglia etc. Il loro vizio è perfettamente nascosto, ma la passione che li domina è tanto forte che dimenticano un bel giorno ogni prudenza, e si espongono allo scandalo più strepitoso ed alla denuncia delle loro vergognose pratiche.

La questione della pederastia è stata studiata a numerosi psicologi ed ha dato luogo a diverse opinioni. Il professore tedesco Moll dice: «Gli uomini i quali hanno una tendenza alla pederastia si sono generalmente masturbati sin dalla loro più tenera infanzia, solamente invece di fregarsi il pene, si introducono nell'ano un oggetto qualunque. La maggior parte dei sapienti ammettono che negli uranisti l'introduzione del membro altrui nel loro ano provochi il desiderato godimento e l'uranista passivo ha in queste condizioni un'ejaculazione. Ed è perciò che separano la pederastia attiva da quella passiva, ammettendo che quando si hanno relazioni di questo genere fra due individui, l'uno è sempre attivo, l'altro passivo.»

Secondo lo stesso autore sarebbe un errore il credere che il pederasta passivo sia più effeminato di quello attivo, e che si comporti sempre verso quest'ultimo in modo tutto passivo come una donna. È certo che, nel maggior numero dei casi, il passivo ottiene solo la soddisfazione, l'attivo non andando più in là della semplice erezione, perchè l'atto ulteriore non corrisponde più alle sensazioni ed alle inclinazioni dell'individuo.

Moll ammette che la tendenza alla pederastia passiva sia favorita da una predisposizione passiva dell'individuo e che non vi sia depravazione propriamente parlando.

Il dottor Chevalier fa così la psicologia del pederasta:

«Nel mondo della pederastia tutto è alla rovescia. Il pederasta vive, sente, pensa, vuole, agisce differentemente dal resto degli uomini, un abisso ne lo separa. Le pratiche contro natura, infatti, hanno per risultato fatale un'alterazione della personalità psichica, consistente essenzialmente in una trasposizione, nel rovesciamento delle qualità caratteristiche del sesso, nell'effeminatezza per tutto dire...

«Nei pederasti si ritrova questa tendenza di invertire le parti nei loro modi di caminare, nei gusti, nei bisogni, nel modo di vestirsi. S'ingegnano ad imitar della donna l'intonazione e la delicatezza della voce, la gentilezza e la civetteria dei gesti. Hanno come lei la passione dell'abbigliamento, delle acconciature, dei colori vivi, dei merletti, dei gioielli e di tutti quei nonnulla che brillano, profumano ed abbelliscono.

«Bisogna vedere questi effeminati nelle loro riunioni mondane, serate danzanti, feste patronali, addii alla vita di giovanotti, fidanzamenti—oh eufemismi!—Si canta, si ricama, si tappezza, si fanno fiori, si chiacchiera, si cicala e sopratutto si dice male del prossimo; e tutto ciò con voce esageratamente melliflua. Le loro scene di gelosia terminano quasi sempre con attacchi di nervi. Conversando si chiamano l'un l'altro: «mia cara, mia bella.»

«Sono invidiosi, vendicativi, capricciosi e in loro nessuna energia, nessuna vitalità, ciò che è sinonimo di nessuna fiducia in sè stessi. Menzogne, delazioni, vigliaccherie, obliterazioni del senso morale, ecco il loro appannaggio. Il disprezzo di sè stessi si collega al timore del disprezzo pubblico.

«Il pederasta congenito non prova per la donna e per l'amore naturale se non repulsione e disgusto; quando l'aberrazione è pienamente istallata l'impotenza di fronte all'altro sesso è quasi radicale. Se i pederasti si sposano o si trovano un'amante, non è se non per una questione di danaro o per salvare le apparenze. In cambio la loro passione contro natura raggiunge talvolta un grado di esaltazione inaudita. Sono gelosi, ma a modo loro, la gelosia in essi è un miscuglio di sensualità in pericolo, di amor proprio ferito e soprattutto di interessi lesi».

Nel romanzo L'Uomo-Femmina G. G. Rocco ci dà un quadro vivissimo della vita dei pederasti. Questo lavoro che è scritto sopra una falsariga scientifica, eccezionalmente rigorosa per una creazione fantastica, ha pagine di una drammaticità insuperabile, e andrebbe certo, dato il grandissimo interesse che suscita nel lettore e l'originalità del soggetto, per le mani di tutti, se non contenesse descrizioni che sono un po' troppo... pei soli adulti.

Le case di tolleranza sono, in grazia delle loro tenitrici, il centro attivo della prostituzione pederasta. Quantunque i regolamenti prescrivano di non dover ricevere alcun cliente minorenne, di non poter tenere in casa alcun fanciullo che abbia raggiunto il sesto anno, foss'anche figlio alla padrona; ma queste proibizioni sono eluse ed i pederasti trovano sempre in simili luoghi i più devoti provveditori delle loro sregolatezze.

È a tal uopo che si vedono stazionare nei caffè, nelle bottiglierie stabilite presso queste case, giovanotti dalla ciera più o meno sospetta, che vanno, vengono sotto pretesto di sbrigare diverse faccende; ragazzi di parrucchieri, di caffettieri, mercanti ambulanti, i quali in fondo non sono che lenoni o prestano il loro corpo all'infame commercio. Le tenitrici della casa per non dar nell'occhio ai vicini, ricorrono alle più grossolane commedie. Talvolta li vestono da donna, tal'altra mettono loro barbe posticcie.

Cosa straordinaria, a Parigi e nella maggior parte delle grandi città, nei quartieri i più mal frequentati sarà difficile che una libera passeggiatrice accetti di abbassarsi ai pratiche sodomitiche; mentre poi in tutte le case di tolleranza il prestarsi a ciò è cosa ordinaria per le donne che vi sono ricoverate. Ed è anche da notarsi che più la casa è lussosa, più la clientela è scelta, e più le abitudini vi sono depravate. Non si indietreggia di fronte a nessuna richiesta antisessuale per bizzarra e degradante che sia.

I francesi chiamano garçons gli amanti di cuore dei pederasti e nel proprio gergo essi stessi si chiamano così, e soprattutto quando vivono con dei compiacenti. Il compiacente obbedisce al bisogno naturale di una compagnia, di un'affezione. Malgrado la depravazione che nasce da una tal disgustevole situazione per l'uomo, malgrado il piacere della concupiscenza che colora tutto agli occhi di quelli che lo praticano, non vi è prostituto maschio, che pari alla donna pubblica, non senta repulsione per l'uomo che lo paga, e da qui nasce necessariamente il bisogno di darsi ad un essere il quale non soltanto non pagherà, ma ancora riceverà dei doni da quello che avrà conquistato.

Questa, abiezione nell'abiezione stessa è nondimeno l'unico palliativo che i pederasti trovano fra di loro per rialzarsi nella propria stima. «Quello io lo amo, mi dò a lui per niente» dicono con orgoglio.

Secondo Mantegazza in certe parti del Messico si sposerebbero uomini vestiti da donna, ai quali è proibito di portare le armi.

Secondo Gomora esistevano a Tamalipos case di prostituzione maschile.

Duflot ha trovato questo vizio contro natura comunissimo in California.

La pederastia era generale al Nicaragua. I primi esploratori la riscontrarono al Perù, sulla costa del Gayaquil e nell'America settentrionale.

In molti paesi caldi la pederastia si pratica su fanciulli, e ciò dipende dal fatto che la vagina delle donne diviene di una larghezza eccessiva, e di più la vista dei corpi nudi, e la facilità delle donne affievoliscono il piacere.

In Cina vi sono case pubbliche destinate alla prostituzione maschile.

Nel 1855 a Lucknow si contavano più di cento case di prostituzione pederastica. In questa città una via era specialmente occupata da eunuchi, i quali si abbandonavano a tale commercio.

La pederastia è frequentissima e ben organizzata in certi punti dell'India dagli eunuchi, gli uomini, a gruppi di cinque a sei e più, vivono in una casa sotto la presidenza dell'eunuco più attempato il quale chiamasi Gooroo.

VII. VIZII DI BASSA LEGA

Donne Pubbliche e loro sfruttatori. Il Lenone—Case di Tolleranza

La caratteristica più notevole nella donna pubblica è quella di ruinare gli uni (amanti-clienti) per sperperare il ricavato, e spesso ruinarsi a sua volta con un altro, il così detto amante di cuore. Queste donne che non sentono nulla, sacrificano tutto al possesso di colui il cui contatto può risvegliare in loro una sensualità affievolita dall'abuso, o spenta dal disgusto che ad esse ispira il commercio degli uomini, che sono obbligate a supportare.

Questa generosità pertanto non emana da una spontaneità ben definita; se la prostituta è in buona fede non tarderà a rimpiangere ciò che ha sciupato, quando la miseria busserà alla sua porta, quando l'abitudine avrà agito ed il suo capriccio passato. Allora rimprovererà all'amante di cuore tutte le sue carezze, lo maltratterà perfino se questi è troppo innamorato, e sarà contro sè stessa così arrabbiata del proprio capriccio che lo farà scontare a lui a caro prezzo. E nondimeno questi due esseri si sopporteranno ancora, ma l'amore non esisterà più.

La ragazza sente, in seguito appunto della sua abiezione, il bisogno di un cuore nuovo; stufa di tutto, ella sarà facilmente sedotta da un'aria ingenua, da una candida figura di adolescente. Sogna sempre visi dai timidi sguardi, ed ha un istinto eccezionale per indovinare l'uomo che crederà in lei, quello che sarà felice di essere sempre attaccato alla sua veste, in una parola che l'amerà.

Quando un essere ingenuo ed innocente si abbandona a questo amore impuro, è ben presto deviato, tolto all'affezione dei suoi, lascia gli amici e si darà all'amante ciecamente, con tutta la foga della sua giovinezza. Egli finirà per scendere ad abiezioni peggiori di quelle della prostituta che ama, la quale anch'ella vinta dalla passione trascura i clienti e così il danaro manca e bisogna ben cercare un mezzo per pareggiar le finanze conservando l'amore.

Essi allora comincieranno a darsi convegno fuori il cerchio delle loro conoscenze, fuori la casa dove la donna esercita il suo mestiere. Ma ecco che il bisogno di danaro diventa imperioso, non si può più dissimulare, a questo periodo si fa venire in casa il cliente serio, il giovanetto si nasconde nell'appartamento; forse mostrerà di dolersi, ma così debolmente! la sua dignità non esiste più, ciò che lo preoccupa è di conservare l'amore di quella che idolatra. Ella gli ha detto: «Sai bene che non amo se non te. Non ti far cattivo sangue, piglia la vita com'è.» E questo povero diavolo aspetta che l'amante di passaggio gli abbandoni il posto ancora caldo nel letto della cortigiana! Il legame dura così talvolta parecchi anni. Poi un bel giorno escono insieme, vanno al caffè, ed al momento di pagare lui confessa che non ha un centesimo; lei gli fa passare il portamonete di sotto la tavola, l'amante paga ed intasca il resto, e allora l'uomo non esiste più, il vizio lo ha vinto, domani esigerà del danaro dalla sua donna e si farà da lei mantenere. Ed è così che quest'essere avvilito e degradato andrà ad ingrassare il battaglione degli sfruttatori di donne, dei souteneurs.

Accanto a questo tipo immondo, che vive sul traffico della prostituzione, sorge l'altro più abbietto ancora: il lenone. Tale mestiere, chiamiamolo così, nelle grandi città si esercita sotto tutte le forme: Nei caffè, nei restaurants, il padrone, i camerieri discendono a tale bassezza nell'interesse dello stabilimento. Essi, si può dire, che rappresentano, a Parigi soprattutto, il repertorio vivente degli indirizzi delle loro clienti che raccomandano nel corso delle conversazioni all'attenzione dei consumatori, ne indicano perfino la tariffa e il modo come avvicinarle. E taluni proprietari danno un tanto per cento alle donne libere che conducono clienti nei loro stabilimenti: e spingono perfino la compiacenza di dar vitto gratis alle frequentatrici nei giorni di miseria.

I libertini che non vogliono mostrarsi in pubblico, trovano nelle case di tolleranza tutto quanto occorre loro per soddisfare i proprii gusti per strani che possano essere. Le tenitrici sono fornite di tutti gli istrumenti necessarii alla più raffinata lubricità: gli ordigni per la fustigazione, cinte di cuoio profumate, piccoli fasci di verghe, e, dati i progressi della scienza, perfino la pompa-ventosa del Dott. Mondet e gli apparecchi d'elettrizzazione locale. Questo naturalmente nelle grandi case parigine e londinesi, dove perfino il sodomista scornoso può contentare la sua passività mediante il concorso di una prostituta convenientemente bardata da un godmichè, membro virile di gomma, che si fabbrica a Parigi a perfezione, ed anche di diverse dimensioni, a seconda i bisogni del richiedente! Nella stessa città l'industria del caoutchouc produce Ventri di donne con Vagine artificiali dando, dicono i cataloghi dei venditori, all'uomo l'illusione completa della realtà, e procurante sensazioni così dolci e voluttuose quanto quelle che può dare la donna stessa.

Uno di questi industriali annunzia che mandandogli il ritratto della donna che si ama, o che si vuol possedere, o di un'amante morta di cui si rimpiangono gli amplessi, egli la fabbrica tal quale con tutti gli organi... interessanti e le sembianze modellate in cera! Dopo ciò, o donne, il vostro tirannico impero sessuale è finito!!!

Di più la tenitrice offre in vendita ai clienti statuette, fotografie oscene, carte trasparenti. Le grandi case posseggono variate collezioni di albums licenziosi, nei quali si ammira l'abituale commedia fra monaci e monache, come pure le più esotiche scene orientali.

Lo spettacolo più curioso delle grandi e ricche case di tolleranza sono i quadri viventi, il cui spettacolo si dà ad ore fisse, sopra un tappeto di velluto nero, per far meglio risaltare la bianchezza dei corpi in posa, e all'abbagliante luce dell'elettricità. Simili spettacoli si danno perfino in camere di cui e pareti e soffitto e pavimento son fatte di specchi... e lì si organizzano le scene più variate del saffismo e della sodomia.

In certe altre case per un'abile disposizione di tappezzeria, o per mezzo di tubi acustici e di binoccoli lo spettatore riservato può tutto vedere senza esser visto.

Speculando sulla curiosità del pubblico pervertito si arriva fino all'esibizione delle mostruosità sessuali, sfruttando disgraziati ermafroditi (almeno in apparenza, giacchè simil genere di anomalia sessuale non è mai completa.)

In questi, che possono benissimo esser chiamati, gabinetti anatomici del vizio, nessuna delle psicopatie sessuali è dimenticata, e dinnanzi agli occhi dello spettatore nascosto o palese se ne fa sfilar tutta la serie: dallo stecorario al feticista!

VIII. TURPITUDINI DEI VECCHI

Il vizio si appiglia a tutte le età, perfino ai vecchi sulla soglia della tomba.

Nei vecchi lo sbucciare di una nuova giovinezza li conduce a disordini ridicoli e vergognosi, e, questo ardore retrospettivo, si lancia e sfolgora come una scintilla.

L'amore tardivo rende il vecchio concupiscente, abietto e ripugnante, gli toglie ogni lume di ragione e di discernimento; troppo animale per sentire, troppo turbato per riflettere, e troppo affrettato soprattutto di godere un ultimo giorno di felicità, questo vecchio satiro diventa così ridicolo che la donna dalla quale è sfruttato, e che ne precipita la morte, non deve molto penare per farlo cadere nelle sue reti. Ma ella gli fa pagare a caro prezzo la propria compiacenza, ed il disgusto che prova dandosi a lui.

Nei vecchi lo spettro dell'impotenza li spinge a pigliar tutte le possibili precauzioni per evitarla, e cercano di eccitarsi con un regime spaventevole. Quando la propria scienza è esaurita, le donne vengono in loro soccorso, ed in tal materia esse possono dar lezioni a più di un medico.

Nei vecchi l'impotenza è la legge comune. La natura fa le spese della saggezza, giacchè indebolendo gli organi ne impedisce l'uso. Se molti ascoltano questo avvertimento, altri vi si ribellano, sia per illusione, sia perchè marci dal vizio; ed anche perchè l'uomo nella verde vecchiezza rifiuta a credersi quella che è; i ricordi sono sempre là, fissi nella memoria per tormentarlo, giacchè egli volge sempre gli occhi indietro per contemplare il lontano orizzonte dei suoi amori trascorsi. È dunque con difficoltà che si abitua all'idea che poco a poco, i cammini della procreazione gli sono chiusi.

Sente reminiscenze confuse e tentatrici, tutto par giovane in lui fuorchè l'atto di nascita. Confessa ben che il pungolo del desiderio non è tanto cocente come per lo passato, ma non si crede disarmato al punto di dover rinunziare alla lotta ed al trionfo.

Molti uomini avanzati in età invece di estinguere in essi gli ardori lascivi, non si preoccupano al contrario che di eccitarli, soddisfarli con l'aiuto dell'immaginazione, e siccome dalla vita sessuale alla vita corrotta non vi è che un passo, la forza e la salute non tardano ad essere stremate. Quelli che sono ciechi e depravati a questo punto fanno sforzi inauditi per realizzare desiderii che non è più possibile di soddisfare se non con la complicità forzata degli organi genitali, e come abbiamo più sopra detto, è allora che una Venere impudica viene a prodigare a questi vecchi libertini le sue irritanti eccitazioni al vizio.

L'eccitante più comune a cui ricorrono i vecchi lubrici è il continuo cambiamento, la varietà nelle persone che ricercano.

La flagellazione, le privazioni irritanti, la vista dei coito praticato da altri, sono tanti diversi mezzi messi in uso.

Un gran signore chiedeva un giorno a Chirac, medico del reggente, se l'uso delle donne fosse tanto pericoloso alla salute quanto si diceva: «No, rispose Chirac, purchè non si piglino droghe, ed io dichiaro che anche il cambiamento è una droga.» In fatti lo stimolo in questi casi è troppo facile, troppo violento, troppo ripetuto per non produrre disastrosi effetti.

Vecchi, ricchi e celibi, state accorti a non usar troppo di simile droga!

IX. SIAMO NOI PIÙ DISSOLUTI DEGLI AVI NOSTRI?

Vi sarebbe molto da dire circa i costumi moderni paragonati a quelli dei tempi trascorsi. La maggior parte della gente strepita e grida che mai il libertinaggio raggiunse tanta impudenza quant'oggi, ed il celebre predicatore francese il padre Felice, esclamava:

«L'adulterio, ecco il male mortale introdotto nel cuore della famiglia dai costumi contemporanei; l'adulterio che in altri tempi nella società cristiana non appariva se non come un fenomeno raro, lasciando nella famiglia che aveva profanato un'indellebile marchio d'infamia, e che oggi cade su fronti tanto disonorate da non essere nemmeno più sensibili di rossore, né di vergogna.»

È evidente che con queste parole il padre turlupinava il suo uditorio, o incoscientemente s'ingannava nelle sue affermazioni. In fatti chiunque conosca anche superficialmente la storia dei tempi trascorsi, si rende facilmente conto come l'epoca nostra da questo lato abbia fatto sensibili progressi nella via della decenza.

Si trovano certamente oggidì mariti a cui le mogli infliggono la pena del taglione. Ve ne sono anche di quelli che sono ingannati dalle loro mogli, prima ancora che essi non abbiano mancato alla fede coniugale. Vi sono pure famiglie irregolari, che si conoscono, si tollerano ed è ammesso di sembrare ignorarlo.

Ma nei secoli passati non era forse peggio? Tali legami si contraevano pubblicamente, e si vedevano, con interesse, prepararsi, concludersi ed infrangersi.

Gli uomini a buona fortuna non s'incomodavano punto per nascondere i dettagli delle loro relazioni alla curiosità pubblica.

Perfino il duca di Richelieu era un incorreggibile chiacchierone su tali argomenti; di lui la duchessa di Orleans diceva:

«È tanto indiscreto e chiacchierone che, ha dichiarato egli stesso, di rifiutare un'imperatrice bella come il giorno, anche fosse pazzamente innamorata di lui, se mettesse per condizione di dover tacere i loro amori.»

Le donne che i galanti compromettevano in tal modo, non se ne adiravano, poichè elleno stesse divulgavano i proprii intimi secreti. La signora di Motteville riporta questo tratto caratteristico riguardante la moglie di Enrico di Condè:

«Io le ho udito dire, un giorno che ella motteggiava con la regina sulle sue passate avventure, parlando del cardinale Pamfilo divenuto papa, che rimpiangeva che il cardinale Bentivoglio, suo intimo, non fosse stato eletto lui, per potersi ella vantare di aver avuto amanti di tutte le condizioni: Papi, re, principi, cardinali, duchi, marescialli di Francia e gentiluomini!»

Sainte-Beuve ci apprende che non si trovava nulla a dire nel vedere Madama di Saumery istallata presso il maresciallo di Duras e dirigendo la casa di lui invece della moglie, relegata in campagna. Tutti ricevevano questa coppia illegale come una legittima, ed il signor di Duras era il decano dei marescialli, e non si chiamava Madama di Saumery altrimenti che la Contestabile.

Molti mariti raccomandavano essi stessi alle loro mogli di non urtare in questa maniera i principii della gente.

Perfino i re facevano noto i propri vizii senza vergognarsi, ed i signori della corte prestavano loro man forte e li incitavano. Enrico II pregava la regina Margherita, che vi si prestava di buona grazia, d'assistere allo sgravo di una damigella di onore da lui incinta alla età di sedici anni. Il duca di Montbrillard, quantunque ammogliato, faceva come Luigi XIV coi suoi bastardi, quando pretendeva che le sue amanti fossero eguali a mogli legittime, ed avendo avuto da una di essa un maschio e da un'altra una femmina, li sposava insieme per far cessare ogni possibile disaccordo sulla questione dell'eredità. Poi mandava questa coppia incestuosa a Parigi, per farli riconoscere quali figli legittimi, pretensione del resto questa sostenuta da tutti i grandi di corte.

Nessuno trovava a ridire a questi scandali. Non si vide forse alla morte di Gabriella d'Estrèe, Enrico IV ricevere le condoglianze del corpo diplomatico e quelle del parlamento di Parigi? Non si vide forse ancora, dice Sully, il presidente Jeansein consigliare Enrico IV a mettere in carcere il principe di Condè, il quale voleva sottrarre sua moglie alle ossessioni del re. Lo stesso re, avendo gettate le mire sulla signorina di Moret, credette regolare di domandarne la mano... sinistra alla principessa di Condè che l'aveva educata, e di discutere con lei le condizioni di tale mercato.

La principessa dopo aver accettato, chiese solo che si fosse maritata la sua pupilla in figura. E si trovò subito un gentiluomo fedele al re che si offrì, e che, la cerimonia matrimoniale terminata, lasciò il posto all'augusto supplente.

Lo zelo dei compiacenti andava talvolta di là dai desiderii dei principi. Il duca di Saint-Simon si offrì a Luigi XIII di servirgli da intermediario presso la signorina di Hautefort. Se Luigi XV, ebbe per amante Madamigella di Romans, lo dovette alla previdenza di sua sorella la signora Varnier, che la fece venire da Grenoble a Parigi per procurarle questo bell'impiego.

Meglio ancora, vi è la madre che vende la figlia. Madama di Entragues diede sua figlia ad Enrico IV. La signora di Sevigné racconta che Luigi XIV adolescente aveva manifestato un desiderio per la signorina di la Mothe-Argencourt, cosa di cui la famiglia di lei andava superba. Il cardinale e la regina madre, per estinguere questo fuoco nascente, mandarono il giovane re a Vincennes. La signora d'Argencourt, sospettando che avessero fatto ciò per tema che sua figlia non avesse la pretensione di farsi sposare dal re, si sforzava di rassicurare il cardinale e la regina madre, dicendo loro che ella non mirava sì alto, ma che aspirava soltanto al posto di favorita!

Il vizio in quel tempo non aspettava l'età matura per svilupparsi nella donna. Montaigne a proposito del pervertito spirito delle giovanette scrive:

«In loro paragone noi non siamo che fanciulli in questa scienza dell'amore. Tutto quelle che noi crediamo di apprenderle, esse lo hanno già digerito senza il nostro concorso. Le mie orecchie udirono un giorno, in un luogo in cui eravi una compagnia di giovanette, le quali non potevano mai sospettare di essere spiate, cose che mi è impossibile di ripetere. Dio mio! esclamai, non c'è bisogno di andar a studiare le frasi del Boccaccio né dell'Aretino per creare delle maliziose. A che perdiamo noi il nostro tempo?!

Non vi esistono nè parole, nè esempii, nè pratiche che esse non conoscano meglio dei nostri libri».

Nelle cronache scandalose degli ultimi secoli sono registrate in egual quantità sregolatezze di donne e di giovanette.

Ed a tal proposito i grandi non arrossivano nemmeno i raccontar le loro conquiste, è così che il signor di Valfons enumera con compiacenza, come l'hanno fatto il cardinale di Retz e di Bassompierre, le numerose giovanette di cui ottenne i favori. Racconta pure come una graziosa avventura il fatto che un suo amico essendosi introdotto in qualità di giardiniere in un convento, vi sedusse tre disgraziate di cui cita perfino i nomi. Del resto, si era talmente abituati a corteggiare le giovanette per illeciti fini, che si teneva per abile quella che del corteggiatore facesse un marito. Ma, come si è visto, i candidati al talamo erano pieni di compiacenze circa il passato di quelle da cui chiedevano una prole, e non le rifiutavano quando le sapevano atte per.... esperienza a potergliela dare.

Ai giorni nostri questa grande libertà di abitudine non è più di moda; se talvolta accadono casi poco edificanti, i quali portano a conoscenza del pubblico qualche grosso scandalo, almeno non si fa mostra delle turpitudini della vita in pieno giorno. C'è, come l'abbiamo detto, progresso in decenza ed in pudore, e non si vedono nemmeno più di quegli atti ignominiosi ed infami ai quali si abbandonavano senza vergogna i gentiluomini dei secoli passati. La nostra epoca non è più viziosa di quella trascorsa; è forse più snervata, più generalizzata in godimenti in seguito a cause di eccitamenti che si incontrano con maggior frequenza.

Fra queste cause bisogna incriminare l'alimentazione che diventa di più in più animale, la miseria che spinge la donna ad offrirsi all'uomo sotto tutte le forme, e che obbliga nelle grandi città a vivere in una sola stamberga, su un sol mucchio di paglia e padre e madre e figli, i quali ultimi sono corrotti di buon'ora dall'esempio dei genitori che procreano sotto i loro occhi, e dalle reciproche nudità che nulla vela!

Quelli che cercano le cause della depravazione moderna nelle letture irritanti, negli spettacoli teatrali, nei balli e nella scollacciatura delle toilettes, dimostrano di non conoscere la storia dell'umanità. In questo libro abbiamo visto quanto più di oggi ai tempi trascorsi fossero corrotti e la letteratura, e il teatro, e il ballo, e le toilettes.

O certo, più uomini sono stati spinti alla concupiscenza dalla carne e dal vino, che non dai libri, dai teatri e dal ballo; e più di questi tre fattori, indiscutibilmente la miseria ha perduto la donna, che obbedendo alla voce del bisogno, si è armata di un fronte senza rossore ed è precipitata nel baratro della prostituzione.

FINE